Günter Huth

Der *Schoppenfetzer* und der Narrenwein

Die Handlung und die handelnden Personen dieses Romans sind frei erfunden. Jede Ähnlichkeit mit toten oder lebenden Personen oder Persönlichkeiten des öffentlichen Lebens ist nicht beabsichtigt und rein zufällig.

Günter Huth wurde 1949 in Würzburg geboren und lebt seitdem in seiner Geburtsstadt. Er kann sich nicht vorstellen, in einer anderen Stadt zu leben. Er ist Rechtspfleger (Fachjurist), verheiratet, drei Kinder. Seit 1975 schreibt er in erster Linie Kinder- und Jugendbücher sowie Sachbücher aus dem Hunde- und Jagdbereich (ca. 60 Bücher). Außerdem hat er bisher Hunderte Kurzerzählungen veröffentlicht. In den letzten Jahren hat er sich vermehrt dem Genre Krimi zugewandt und bereits einige Kriminalerzählungen veröffentlicht. 2003 kam ihm die Idee für einen Würzburger Regionalkrimi. „Der Schoppenfetzer" war geboren. 2013 erschien sein Mainfrankenthriller „Blutiger Spessart", mit dem er die Simon-Kerner-Reihe eröffnete, mit der er eine völlig neue Facette seines Schaffens als Kriminalautor zeigt. Durch den Erfolg des ersten Bandes ermutigt, brachte er 2014 mit dem Titel „Das letzte Schwurgericht" den zweiten Band, 2015 mit „Todwald" den dritten und 2016 mit „Die Spur des Wolfes" den vierten Band dieser Reihe auf den Markt. Der Autor ist Mitglied der Kriminalschriftstellervereinigung „Das Syndikat".

Günter Huth

Der *Schoppenfetzer* und der Narrenwein

Der fünfzehnte Fall des Würzburger
Weingenießers Erich Rottmann

Buchverlag Peter Hellmund

An einem Herbstabend in der Nähe von Maindorf

Die Dämmerung breitete sich wie ein Mantel über die Weinberge und verwandelte die kräftigen Herbstfarben der Weinstöcke immer mehr in ein sanftes pastellfarbenes Landschaftsgemälde. Die schwarze Luxuslimousine fuhr mit Standlicht im Schleichgang den geschotterten obersten Weinbergsweg entlang. Der Fahrer bemühte sich, den Steinschlag durch hochschlagenden Split möglichst gering zu halten. Unter den drei Männern im Wageninneren herrschte Schweigen. Die drei waren Hauptakteure eines ungewöhnlichen Plans, dessen Fundamente jetzt in Form gegossen werden sollten.

„Wir sind da", durchbrach der Fahrer das Schweigen. „Da vorne ist es." Aus dem schwachen Licht tauchten etwas entfernt die kantigen Konturen eines weißgestrichenen Weinbergshäuschens auf. Der Mann auf dem Rücksitz beugte sich nach vorn und übersetzte die Worte des Mannes am Lenkrad für den Beifahrer in bestes Mandarin, die chinesische Hochsprache. Der kleine schlanke Mann neben dem Fahrer nickte. Auch im Profil war seine chinesische Herkunft deutlich zu erkennen. Die dichten schwarzen Haare trug er streng nach hinten gekämmt, wo sie mit reichlich Gel an Ort und Stelle gehalten wurden.

„Das ist ja winzig", übersetzte der Dolmetscher die Worte des Chinesen.

Das steinerne Weinbergshäuschen stand direkt am Grenzweg zwischen den Weinbergen und dem darüberliegenden Trockenrasengebiet oberhalb von Maindorf, einem bekannten Weinort am Main.

Das Häuschen besaß zwei Fenster, die offenbar mit Gardinen verhängt waren, denn erst jetzt, aus der Nähe, erkannte man gedämpften Lichtschein. Der Fahrer lenkte den Wagen nach rechts und parkte ihn dicht neben den obersten Rebstöcken. Die drei stiegen aus und näherten sich der Eingangstür. Der Übersetzer trug eine Kühltasche und einen Aktenkoffer. Ehe sie anklopfen konnten, wurde die Tür geöffnet und die Konturen eines kräftigen Mannes zeichneten sich im Lichtschein ab.

„Guten Abend", grüßte der Gastgeber und trat zur Seite, damit die Besucher eintreten konnten. Im Vorübergehen gab der Fahrer ihm die Hand. Der Chinese beschränkte sich darauf, sich zu verneigen, während der Dolmetscher ihn vorstellte. Die Eintretenden mussten die Augen etwas zusammenkneifen, denn die einzige, aber kräftige Lichtquelle, eine auf einem kleinen Tisch stehende Gasleuchte, blendete sie.

Der winzige Raum nahm praktisch die gesamte Grundfläche des Häuschens ein und war spartanisch eingerichtet: der Tisch, sechs Stühle, in eine Ecke eingepasst ein kleiner Schrank. Trotzdem strahlte der Raum eine gewisse Gemütlichkeit aus, der man sich nur schwer entziehen konnte.

Der Gastgeber machte eine einladende Handbewegung.

„Herr Präsident, vielleicht nehmen Sie hier Platz."

Der so Angesprochene hob die Hand. „Den Präsidenten habe ich heute zu Hause gelassen. Also bitte ganz zwanglos." Er wartete, bis sich der Chinese niedergelassen hatte, dann nahm auch er Platz. Als das Stühlerücken beendet war, ergriff der Präsident das Wort: „Ich freue mich sehr über das Zustandekommen dieses Treffens. Insbesondere begrüße ich sehr herzlich Herrn Chang Shixin, der den weiten Weg aus dem Reich der Mitte zu uns auf sich genommen hat, um mit uns zusammenzuarbeiten. Ich hoffe, ich habe Ihren Namen richtig ausgesprochen." Er blickte um Verständnis bittend in Richtung des Chinesen.

Nach der Übersetzung des Dolmetschers verbeugte sich der Chinese knapp und begann zu sprechen. Der Gastgeber lauschte andächtig der für ihn fremden Sprachmelodie. Der Übersetzer transferierte seine Worte fast synchron ins Deutsche.

„Meine Herren, es ist mir eine große Ehre, Ihr Gast zu sein, um mit Ihnen Geschäfte zu machen. Ich bin überzeugt, dass sich unsere Interessen und die Ihren sich auf wunderbare Weise vereinen lassen." Er schloss mit einer neuerlichen Verneigung.

Der Präsident fuhr fort: „Herr Chang, ich darf Ihnen Max Runkelbauer vorstellen, der uns hier in dieses idyllische Weinbergshäuschen eingeladen hat."

Der Übersetzer hatte offenbar Mühe, die Bezeichnung „Weinbergshäuschen" ins Chinesische zu übersetzen, und musste allerlei Umschreibungen bemühen, bis der Gast verstehend nickte.

„Unser Gastgeber ist selbständiger Winzer, der seinen Wein selbst vermarktet. Ein Geschäft, bei dem man in Deutschland zwar große Eigenständigkeit genießt, bei dem man aber auch in ständigem Wettstreit mit den großen Weingütern und den Winzergenossenschaften liegt. Ein harter Wettstreit, bei dem durchaus mit Ellbogen gearbeitet wird. Es ist deshalb notwendig, sich ständig Neues einfallen zu lassen, um den Absatz sicherzustellen. Leider laufen die Geschäfte bei Herrn Runkelbauer seit zwei Jahren nicht mehr ganz so gut."

Nicht mehr ganz so gut ist wirklich stark geschmeichelt, dachte Runkelbauer. Wenn dieser Handel heute nicht zustande kam, würde sein Betrieb das nächste Jahr nicht mehr überstehen.

Der Präsident ließ dem Dolmetscher wieder etwas Zeit, damit er mit dem Übersetzen nachkam. Herr Chang hielt den Kopf währenddessen leicht gesenkt und hörte konzentriert zu, dann nickte er zum Zeichen, dass er alles verstanden hatte.

„Als ich vor einigen Monaten aus geschäftlichen Gründen in Nordchina in der Provinz Shandong zu tun hatte", fuhr der Präsident fort, „lernte ich Herrn Chang kennen. Er leitet dort ein großes Weingut, in dessen Weinbergen, man höre und staune, unter anderem auch Müller-Thurgau angebaut wird. Bei einer ausgiebigen Verkostung konnte ich mich von der Qualität des Weines überzeugen. Herr Chang und ich haben uns dann lange und ausgiebig unterhalten. Dabei haben wir eine Geschäftsidee entwickelt, die ich nach meiner Rückkehr mit meinem Bekannten, Herrn Runkelbauer, diskutiert habe. Das Ergebnis dieser Kontakte ist dieses heutige Treffen. Wir sind uns darin einig, dass die Umsetzung dieser Idee von allen Seiten eine gewisse … Risikobereitschaft verlangt. Die ist aber, soweit ich das verstanden habe, durchaus vorhanden."

Alle am Tisch, mit Ausnahme des Dolmetschers, stimmten dieser Aussage kopfnickend zu.

„Dann würde ich vorschlagen", fuhr der Präsident fort, „zunächst einmal den Wein, um den es geht, zu verkosten. Schließlich will keiner die Katze im Sack kaufen. Anschließend können wir ja die Einzelheiten besprechen."

Auf einen Wink hin öffnete der Dolmetscher die Kühltasche und stellte eine Bordeauxflasche auf den Tisch, auf der sich ein Etikett mit chinesischen Schriftzeichen befand. Herr Chang griff sich die Flasche und fuhr mit den Fingern über das Glas, auf dem sich sofort Tau gebildet hatte. Runkelbauer holte aus einem Eckschrank mehrere Probengläser. Während Chang den Schraubverschluss öffnete, erläuterte er: „Meine Herren, das hier ist ein Müller-Thurgau aus der Ernte des letzten Jahres meines Weinguts. Es ist mir eine Ehre, Ihnen diesen Wein jetzt präsentieren zu dürfen.“ Während der Dolmetscher noch übersetzte, schenkte Herr Chang in jedes Glas eine angemessene Menge ein. Nachdem er alle bedient hatte, erhob er sein Glas. „Wie sagt man hier? Zum Wohl.“ Die beiden Worte des Trinkspruchs versuchte er auf Deutsch zu sagen, was ihm nur mäßig verständlich gelang.

Die Herren, die sich alle als Weinsachverständige verstanden, rochen, schlürften und ließen den Tropfen auf der Zunge zergehen, um anschließend den Abgang auszukosten. Anerkennende Lautäußerungen kamen von allen Seiten aus den Kennerkehlen.

„... eindeutig ein ausgezeichneter Müller-Thurgau mit einem beeindruckenden Nachhall“, stellte Runkelbauer anerkennend fest. „Der aus meinem Wengert ist nicht besser.“

Die anderen schlossen sich dem Lob an. Der Dolmetscher übersetzte, Herr Chang verneigte sich und lächelte.

Der Präsident stellte sein Glas ab und ergriff wieder das Wort. „Meine Herren, kommen wir auf den Punkt: Bei meinen Gesprächen mit Herrn Chang haben wir beide festgestellt, dass sich unsere Interessen auf erfreuliche Weise überschneiden, deshalb sind wir hier. Als Präsident einer ... gewissen Institution habe ich in den letzten Jahren mit zunehmender Sorge zur Kenntnis nehmen müssen, dass unsere Ausgaben für diverse Veranstaltungen horrend gestiegen sind. Als Verantwortlicher bin ich daher bemüht, uns jede nur erdenkliche Einnahmequelle zu erschließen. An diesem Punkt kommen unsere gemeinsamen Interessen“, er deutete auf Max Runkelbauer und verneigte sich in Richtung des Chinesen, „auf wunderbare Weise zusammen. Herr Chang würde es begrüßen, wenn er seinen Wein nach Franken exportieren könnte mit dem Fernziel, sich den Markt in Europa zu erschließen.“

Der Dolmetscher übersetzte so schnell, dass ihn Herr Chang mit einer Geste bat, etwas langsamer zu sprechen. Der Präsident legte geduldig eine Pause ein. Nach der Übersetzung nickte der Chinese heftig und lächelte.

„Herr Chang und ich sind uns darin einig", nahm der Präsident wieder den Faden auf, „dass er, würde er den offiziellen Weg des Marktes beschreiten, auf absehbare Zeit keine Chance hätte, sich zu etablieren. Chinesischer Wein in Franken wäre, außer vielleicht für einige experimentierfreudige Kenner, ein absolutes ‚No-Go'." Er blickte fragend in die Runde. Runkelbauer stimmte ihm vollkommen zu.

Der Präsident räusperte sich und sah den Chinesen direkt an. „Manchmal muss man die Menschen ganz einfach zu ihrem Glück zwingen. Max Runkelbauer ist bereit, durch das Zurverfügungstellen seines Namens und durch die Bereitstellung diverser Lagerressourcen das Experiment ‚chinesischer Müller-Thurgau in Unterfranken' zu unterstützen. Herr Chang seinerseits wird sich, wie er mir sagte, selbstverständlich durch großzügige finanzielle Investitionen und äußerst günstige Konditionen beteiligen." Er gab durch ein Handzeichen zu verstehen, dass er nun dem chinesischen Gast das Wort überlassen wollte.

Der Dolmetscher übersetzte ins Deutsche: „Es wird mir eine Ehre sein, mich mit einem Tanklastzug unseres Weines an dem Experiment zu beteiligen. Außerdem kann der geschätzte Herr Winzerkollege mit einer Finanzbeteiligung an seinem Unternehmen rechnen, als Ausgleich für das zu tragende Risiko. Ich habe Verträge aufsetzen lassen, die vom Herrn Präsidenten juristisch geprüft und für gut befunden wurden."

Er gab dem Übersetzer ein Zeichen, der daraufhin einen Aktenkoffer auf den Tisch hob und mehrere Schriftstücke herausnahm. Der Text war sowohl in chinesischer als auch deutscher Schrift geschrieben. Dann zog er einen edlen Kugelschreiber aus der Aktentasche und legte ihn neben die Papiere.

„Lassen Sie mich noch einmal die Parameter dieser Kooperative zusammenfassen", meldete sich der Präsident wieder zu Wort. „Es sind, das gebe ich unumwunden zu, knallharte wirtschaftliche Notwendigkeiten, die mich veranlasst haben, diesen Deal einzufädeln. Aber keinesfalls, das möchte ich klarstellen, geht es dabei für mich um persönliche Bereicherung." Er räusperte sich. „Wie hier in dieser Runde teilweise bekannt, wird jedes Jahr in der sogenannten *Närrischen Weinprobe*, einer Sendung des Bayerischen Fernsehens, die aus dem Stückfasskeller des Staatlichen Hofkellers übertragen wird, der sogenannte Narrenwein vorgestellt. Bisher kam bei diesem speziellen Bocksbeutel immer ein uns bekanntes großes Weingut zum Zuge und machte das damit verbundene Geschäft. Meine Organisation war hierbei immer außen vor. Das werden wir jetzt mit unserer kleinen Kooperative ändern!"

Runkelbauer zog ein nachdenkliches Gesicht. „Sind Sie sicher, dass wir diesmal zum Zuge kommen? Ich bin da immer noch etwas skeptisch!"

„Letztes Jahr hätte ich Ihre Bedenken geteilt. Es wurde jedoch das Auswahlkonzept für den Narrenwein geändert. Bisher hat die Vorstellung des Weines eine ehemalige Weinkönigin in der Sendung vorgenommen. Dieses Jahr wird das Procedere auf Wunsch der Zuschauer des Bayerischen Fernsehens geändert. Unterfränkische Weingüter können ihre Weine einreichen und der Weinexperte der Stadt Würzburg, Bürgermeister Andy Farmer, wird im Rahmen einer Blindverkostung seine Auswahl treffen. Diese wird etwa zwei Wochen vor der eigentlichen Veranstaltung unter notarieller Aufsicht stattfinden. Während der eigentlichen Aufzeichnung der Fernsehsendung wird dieser Wein dann von Herrn Farmer vorgestellt.“ Der Präsident hielt das Probierglas gegen das Licht. „Was Ihre Frage betrifft, Herr Runkelbauer, das lassen Sie mal unsere Sorge sein. Herr Chang und ich haben da unsere Mittel und Wege.“ Er grinste leicht. Herr Chang verneigte sich wieder lächelnd, schob den Vertrag über den Tisch und reichte den Kugelschreiber weiter.

Schon wenige Tage später verließ ein Kühltankwagen mit der Aufschrift „Wang-Transporte Frankfurt a. M.“ das Weingut Chang in der chinesischen Provinz Shandong und machte sich auf den weiten Weg. Zwischen dem Weingut Chang und dem Ziel, dem Weinort Maindorf in Unterfranken, lag eine halbe Weltreise.

Weitere zwei Wochen später läutete mitten in der Nacht, kurz nach drei Uhr, Max Runkelbauers Handy. Er war sofort hellwach, schnappte sich das Telefon und huschte auf nackten Füßen aus dem ehelichen Schlafzimmer in die Küche. Seine Frau hatte einen gesegnet tiefen Schlaf und bekam davon nichts mit.

Runkelbauer meldete sich und hörte die Stimme eines unbekannten Mannes, der ihm erklärte, die bestellte Lieferung aus China sei eingetroffen. Der Winzer bekam vor Aufregung feuchte Hände. Er erklärte dem Anrufer, dem Fahrer des Tankwagens, wie er in den Hof des Weinguts fahren konnte, ohne den Weg durch den Ort nehmen zu müssen. Runkelbauers Weingut lag etwas außerhalb von Maindorf. Eine halbe Stunde später wurde hektoliterweise Müller-Thurgau aus China in einen von Runkelbauers Edelstahltanks gepumpt. Als der letzte Tropfen im Tank war, bestätigte Runkelbauer die Lieferung auf einem Lieferschein, und wenig später war der Tankwagen wieder verschunden. Danach stand Runkelbauer nachdenklich in seinem Weinkeller und betrachtete das silbrig schimmernde Metall des Tanks. Jetzt gab es kein Zurück mehr. Er löschte das Licht im Keller, ging zurück in seine Wohnung und legte sich wieder ins Bett. An Schlaf war jetzt allerdings nicht mehr zu denken.

Würzburg, Samstag, den 22. Oktober

Bürgermeister Andy Farmer stieg über die breite, aber steile Steintreppe hinunter in die historische Unterwelt des Weinkellers unter der Würzburger Residenz. Der Weg war ihm zwar vertraut, trotzdem musste man immer aufpassen, dass man auf den glitschigen Stufen nicht ausglitt. Die Luftfeuchtigkeit im Keller setzte sich auf den Steinen ab. Farmer konnte sich beim besten Willen nicht mehr erinnern, wie oft er schon diese Stufen hinabgeschritten war, um im Namen der Stadt an irgendwelchen Feierlichkeiten teilzunehmen. Geblendet blinzelte er. Ungewöhnlich heller Lichtschein strahlte ihm aus der Tiefe entgegen. Die Fernsehleute waren offenbar schon mitten in den Vorbereitungen.

Der Bürgermeister fühlte sich innerlich angespannt. Das lag sicher nicht an den bevorstehenden Fernsehaufnahmen, derartige Aktionen waren ihm durchaus vertraut. Der eigentliche Grund war der Besuch zweier Männer vor vier Tagen in seinem Büro, der ihm nicht aus dem Kopf ging.

Vier Tage zuvor

Dienstag, kurz nach 14 Uhr, Andy Farmer kam gerade von einer Besprechung mit dem Oberbürgermeister, als seine Sekretärin an die Tür klopfte.

„Entschuldigen Sie bitte, Herr Farmer, in meinem Büro stehen zwei Herren, die Sie dringend sprechen möchten. Sie haben allerdings keinen Termin.“

Wegen der offenen Tür beugte sie sich zu Farmer herab und flüsterte ihm etwas ins Ohr.

„Für den Präsidenten habe ich natürlich Zeit. Und wer ist dieser Roger Wang?", entgegnete Farmer laut.

Sie zuckte mit den Schultern. „Herr Wang ist Asiate, er spricht aber ganz ausgezeichnetes Deutsch."

Farmer machte eine einladende Handbewegung. Er aß sehr gerne gebratene Ente süßsauer, fühlte sich dem Chinesischen essenskulturell also durchaus zugeneigt. Im Moment konnte er gerade einige Minuten erübrigen.

„Schauen wir mal, was sie auf dem Herzen haben. Schicken Sie sie rein." Flüsternd fügte er hinzu: „Wenn das Gespräch länger als zehn Minuten dauert, kommen Sie bitte rein und erinnern mich an meinen nächsten Termin." Er zwinkerte ihr verschwörerisch zu. Sie lächelte verstehend und ging wieder hinaus. Einen Moment später betrat der Präsident zusammen mit einem kleinen, zierlichen Asiaten das Büro des Bürgermeisters. In der Nähe der Tür blieben beide kurz stehen und der Präsident breitete die Arme aus. Sein Begleiter machte lächelnd eine leichte Verneigung.

„Lieber Andy, herzlichen Dank, dass du für uns etwas Zeit erübrigen kannst, obwohl wir keinen Termin haben. Ich darf dir Herrn Wang vorstellen."

Der Asiate verbeugte sich erneut. Der Präsident und Farmer duzten sich schon seit ewigen Zeiten.

Andy Farmer erhob sich, kam hinter seinem Schreibtisch hervor und gab seinen Besuchern die Hand. Dann wies er in Richtung seines Besprechungstisches und bot ihnen Platz an. Der Präsident und Wang ließen sich nieder, Farmer setzte sich ihnen entspannt gegenüber und musterte sie neugierig. Wang stellte einen Aktenkoffer neben seinem Stuhl ab, dann blieb er, ohne sich anzulehnen, kerzengerade sitzen.

Als hätte er einen Stock verschluckt, dachte Farmer. Laut fragte er: „Was führt euch beide zu mir? Wie kann ich helfen?“

Der Präsident fuhr sich durch seine dichten, nach hinten gegelten weißen Haare.

„Lieber Andy, du weißt ja, dass die nächste Faschingssession vor der Tür steht und ich als einer der Verantwortlichen in diesem Narrenzirkus mir rechtzeitig Gedanken darüber machen muss, wie die finanzielle Seite aussieht. Es ist ja nichts Neues, dass es keine ernstere Angelegenheit gibt als den Fasching. Seit Jahren schon haben wir massive Probleme, beispielsweise die Kosten des Faschingszugs zu stemmen.“

Wenn er betteln will, warum hat er dann diesen Asiaten mitgebracht?, dachte Farmer.

Als hätte er Farmers Gedanken gelesen, fuhr der Präsident fort: „Da ich ja weiß, dass auch die Stadt in den Miesen steckt und wir kaum nennenswerte Unterstützung bekommen können, habe ich mir etwas einfallen lassen, das unsere Situation nachhaltig verbessern könnte.“ Er nickte in Richtung Wang. „Dies ist auch der Grund, warum ich Herrn Wang mitgebracht habe.“ Er warf einen Blick auf seine Armbanduhr. „Ich war gewissermaßen der Türöffner für Herrn Wang und werde mich aus terminlichen Gründen jetzt wieder verabschieden. Herr Wang wird dir erläutern, um was es geht. Es wäre mir ein großes Anliegen, wenn du unsere Vorstellungen unterstützen könntest.“ Hastig stand er auf, gab dem überraschten Farmer die Hand, nickte Wang kurz zu und verließ das Büro.

Der Bürgermeister fühlte sich etwas überrumpelt, wollte aber nicht unhöflich sein. „Also, Herr Wang, dann legen Sie mal los. Aber meine Zeit ist leider begrenzt.“

Herr Wang verneigte sich, dann begann er zu sprechen. „Ich vertrete eine Interessengruppe, die ihre geschäftlichen Aktivitäten gern auf Unterfranken ausdehnen möchte.“

„Aha“, machte der Bürgermeister. Er musste seiner Sekretärin recht geben, der Mann sprach ganz ausgezeichnet Deutsch, wenn es auch etwas gestelzt klang. „Das ist ja sehr interessant, da wir hier in Würzburg immer an einem Zuwachs neuer Firmen interessiert sind. Können Sie mir sagen, auf welchen Geschäftsfeldern Sie aktiv sind?“

„Die Volksrepublik China ist, wie Sie sicher wissen, eine massiv wachsende Volkswirtschaft, die neben vielen anderen Produkten in zunehmendem Maße qualitativ hochwertigen Wein produziert. Dies gilt auch für das Weingut, das ich hier vertrete.“ Er bemerkte die hochschnellenden Augenbrauen des Bürgermeisters und fuhr fort: „Wir wissen, dass man China nicht unbedingt mit Weinproduktion in Verbindung bringt. Es wird Sie aber vielleicht in Erstaunen versetzen, zu hören, dass wir mittlerweile bei der Weinerzeugung beispielsweise Frankreich bereits überholt haben.“

„Das ist ja sehr interessant“, warf Farmer ein, der noch immer keine Vorstellung hatte, warum der Mann ihm dies alles erzählte.

„Mainfranken als qualitativ hochwertiges und international bekanntes Weinanbaugebiet hat unser Interesse geweckt. Wir würden gern in einem ersten Schritt mit Hilfe etablierter Winzer einen Fuß in die Tür der unterfränkischen Weinproduktion bringen.“

Farmer sah seinen Besucher mit großen fragenden Augen an. Hatte er da richtig verstanden?

„Wollen Sie damit sagen, unterfränkische Winzer sollen chinesischen Wein verkaufen?“ Er schüttelte heftig den Kopf. „Das wird keiner tun! Die würden sich ja ihr eigenes Geschäft kaputtmachen.“

Der Chinese lächelte noch immer.

„Unterfranken ist eine gesegnete Provinz mit zahlreichen

wohlhabenden Winzern. Bedauerlicherweise gibt es aber auch vereinzelt Familienbetriebe, die ziemlich kämpfen müssen, um gegen die Konkurrenz der Großen ihr Überleben zu sichern. Bei Menschen dieser Kategorie sind wir mit unserer Geschäftsidee durchaus auf offene Ohren gestoßen."

„Das heißt, Sie haben jemanden gefunden, der bei dieser verrückten Idee mitmacht?" Der Bürgermeister war sichtlich betroffen.

Der Chinese nickte lächelnd und verbeugte sich leicht. „Wir setzen unsere Pläne und Vorgehensweisen immer sehr stringent um."

„Ich kann mir nicht vorstellen, wie Sie dies in die Praxis umsetzen wollen. Mal abgesehen davon, dass das rechtlich problematisch sein dürfte. Außerdem, was sollte ich mit einem derartigen … Geschäft zu schaffen haben?" Die Stimmlage Farmers änderte sich merklich. Seine Stirn legte sich in ärgerliche Falten.

„Um Ihnen dieses zu erläutern, bin ich hier", erwiderte der Chinese unverändert freundlich.

„Da bin ich aber mal gespannt!", brummte Farmer. Es klang mehr wie ein Knurren.

In diesem Augenblick klopfte es und seine Sekretärin streckte den Kopf herein. „Herr Farmer, ich möchte Sie an Ihren nächsten Termin erinnern. Sie sind schon etwas spät."

Der Bürgermeister warf ihr einen etwas ärgerlichen Blick zu und winkte ab. „Sagen Sie den Termin bitte ab, ich bin durch eine dringende Angelegenheit hier aufgehalten worden. Und bitte keine weiteren Störungen mehr."

Die Sekretärin blickte verwundert, nickte dann aber und verschwand wieder. In ihr Büro zurückgekehrt, verdrehte sie die Augen. Mal hü, dann wieder hott, daraus sollte jemand schlau werden. Offenbar hatte der Chef gerade Stress.

So als hätte die Unterbrechung gar nicht stattgefunden, fuhr Herr Wang fort: „Wir wissen, dass Sie aus einer bekannten Winzerfamilie stammen und in der unterfränkischen Weinszene eine bedeutende Persönlichkeit sind. Ihr Wort hat Gewicht."

Farmer runzelte die Stirn. Anscheinend war dieser Wang gut informiert. Laut sagte er: „Kommen Sie bitte auf den Punkt!"

Der Chinese verneigte sich leicht. „Demnächst finden in Würzburg wieder die Vorbereitungen für die Fernsehsendung *Die Närrische Weinprobe* statt. In dieser Veranstaltung wird immer ein sogenannter Narrenwein vorgestellt. Wie wir wissen, wurde dieses Jahr das Procedere dergestalt abgeändert, dass Sie, Herr Bürgermeister, diesen Wein im Rahmen einer Blindverkostung aus mehreren von verschiedenen Weingütern eingereichten Weinen auswählen werden."

„Diese Änderung wurde aufgrund des Ergebnisses einer Zuschauerumfrage vorgenommen."

„Das ist korrekt", stimmte Wang zu. „Es waren in der Presse auch die zehn Weingüter namentlich genannt, die im Vorfeld im Rahmen einer Ausschreibung ausgelost worden waren, um an dieser finalen Auswahl teilzunehmen."

Andy Farmer beugte sich leicht nach vorn und fixierte sein Gegenüber mit schmalen Augen, ließ ihn aber ohne Unterbrechung weitersprechen. Er fühlte, der Mann würde jetzt auf den Punkt kommen.

„Die Interessengruppe, die ich hier vertrete, würde es sehr begrüßen, wenn Sie nun bei dieser Verkostung dem Wein eines bestimmten Weinguts den Vorzug geben würden." Nach einer kurzen Pause fuhr er fort: „Sie können natürlich sicher sein, dass sich Ihre Kooperation nicht zu Ihrem Nachteil auswirken würde."

Die Reaktion seines Gesprächspartners kam laut und explosiv. Mit Wucht donnerte Farmers Handfläche auf den Besprechungstisch, so dass der Chinese erschrocken zusammenzuckte und zum ersten Mal sein Lächeln aufgab.

„Was ist denn das für eine gigantische Sauerei!", brüllte Farmer. Wang wich unwillkürlich mit seinem Stuhl ein Stück zurück. Für einen Augenblick sah es wirklich so aus, als würde der Bürgermeister seinen Besucher am Kragen packen. Etwas gemäßigter fuhr er dann fort: „Sie glauben also, Sie könnten mich für Ihre krummen Geschäfte einspannen, indem Sie mich bestechen?"

Wang hatte sich wieder gefasst. „Ihr Deutschen seid immer so kategorisch", erwiderte er ruhig. „Es geht doch nur um ein Geschäft. Jeder hat einen Vorteil und damit ist es gut. Winwin, wie man so schön sagt."

„Ich sage Ihnen jetzt was. Sie schnappen sich Ihr feines Aktenköfferchen und sehen zu, dass Sie Land gewinnen. Dort ist die Tür! Wenn ich Sie noch einmal sehe, dann …" Den Rest ließ er offen. Er sprang auf die Beine, ging zur Tür, öffnete sie weit und blieb wie ein Zerberus daneben stehen.

Erstaunlicherweise bewegte sich Herr Wang aber nicht. Er warf Farmer einen durchdringenden Blick zu, dann sagte er aufreizend ruhig: „Herr Bürgermeister, Sie sind nicht sehr höflich. Sie sollten bei Ihrem Verhalten bedenken, dass meine Organisation bisher schon immer ihre Interessen durchgesetzt hat. Wir wissen, wo Sie wohnen, und wir wissen auch, dass Sie Familie haben. Wenn man derart angreifbar ist, sollte man bessere Manieren haben. Uns ist es egal, ob Sie das Geld nehmen oder nicht. Wir erwarten nur von Ihnen, dass Sie sich bei der Auswahl des Narrenweines an unser kleines Gespräch erinnern."

Farmer stand wie versteinert an der offenen Tür und

starrte den kleinen Chinesen an, der sich nun geschmeidig erhob und mit einem leisen Lächeln und einer angedeuteten Verbeugung an Farmer vorbei auf den Flur hinaustrat.

Bürgermeister Farmer stand noch geraume Zeit auf der Stelle, bis er langsam seine Bürotür wieder schloss. Er ließ sich in seinen Bürostuhl fallen und versuchte sich zu beruhigen. Schließlich griff er zum Telefon und bat seine Sekretärin, ihn mit dem Büro des Präsidenten zu verbinden. Kurz danach erhielt er die Auskunft, dass der Präsident eine längere geschäftlich bedingte Auslandsreise angetreten hatte. Er überlegte, ob er sofort die Polizei einschalten sollte. Das eben war reine Erpressung! Die Frage war nur, wie er das beweisen konnte.

An dieses bedrückende Erlebnis musste Andy Farmer denken, als er jetzt die Stufen zum Weinkeller hinunterstieg. Seit diesem Tag hatte sich sein Leben irgendwie verändert. Schon wenn das Telefon klingelte, wurde er nervös. Er musterte Menschen kritisch, die an seinem Haus vorbeiliefen. Folgte ihm jemand längere Zeit auf der Straße, wechselte er die Seite.

„Ah, schön, Andy, dass du schon da bist!“ Der Präsident des Fastnachtsverbands, Bernie Schlehbusch, kam mit ausgestreckter Hand auf ihn zu. „Da können wir ja in aller Ruhe vorher noch die Details besprechen. Der Toni ist auch schon da und macht alle mit seiner Gschaftlhuberei verrückt.“ Mit Toni war Anton Felsmann, der Präsident des Fränkischen Weinbauvereins, gemeint, der bei derartigen Veranstaltungen natürlich nicht fehlen durfte. Die beiden marschierten in den langen Schlauch des Stückfasskellers hinein, der an beiden Seiten von hohen Fässern flankiert wurde, an deren Vorderseiten Kerzen brannten. Am Ende des Kellers, der in eine Art Sackgasse mündete, war eine Bühne aufgebaut, auf der ein langer Tisch stand, der mit einer weißen Tischdecke bedeckt war.

Nebeneinander standen dort zehn Bocksbeutel, die alle verhüllt waren. Davor erkannte er eine Reihe Versuchsgläser. Rund um die Bühne wuselten Fernsehtechniker, die Kameras herumschoben, Scheinwerfer justierten und Kabel verlegten. Ein Mann eilte aus dem Hintergrund ins Licht, der sich als Rocky Horror, Regisseur, vorstellte und Andy Farmer zu einer Stell- und Beleuchtungsprobe bat. Es folgte eine Tonprobe. Gleich darauf stürzte sich die Maskenbildnerin auf ihn, bat ihn in eine Ecke, drückte ihn auf einen Stuhl und begann, ihm den Glanz aus dem Gesicht und seiner hohen Stirn zu pudern. Fasziniert musterte Farmer die Reihe von Piercings, welche die Außenränder ihrer beiden Ohren schmückten. Ob das wohl weh tat? Eine gute halbe Stunde später war man dann eigentlich so weit. Eigentlich.

„Wo ist Frau Feen?", brüllte ein Mann mit Klemmbrett in der Hand, vermutlich der Aufnahmeleiter, quer durch den Keller. „Hat jemand Frau Feen gesehen?"

Andy Farmer wusste natürlich, dass die Sendung von Nikki Feen, der ehemaligen deutschen Weinkönigin, moderiert werden sollte. Auch er wunderte sich. Üblicherweise führten Moderatoren mit den Gästen Vorgespräche. Gewissermaßen ein Warm-up, das als „Eisbrecher" für nervöse Kandidaten gedacht war. Eine Maßnahme, die bei ihm natürlich nicht erforderlich war. Medienmäßig war er ein alter Hase.

Eine junge Frau, vermutlich die Assistentin, die sich gerade mit den Kameraleuten unterhalten hatte, kam zum Aufnahmeleiter gelaufen.

„Ich habe Frau Feen zuletzt gesehen, als sie aus der Maske kam und mir erklärte, sie wolle noch einmal die Toilette aufsuchen. Das war aber schon vor einer halben Stunde."

„Mein Gott, dann sehen Sie halt nach! Wir müssen endlich anfangen!"

Hastig eilte die junge Frau davon. Es dauerte keine zwei Minuten, dann tauchte sie wieder auf. Der Aufnahmeleiter sah sie fragend an. „Was ist los? Wo ist sie?“

Die Assistentin näherte ihren Mund seinem Ohr und flüsterte etwas.

„Verdauungsprobleme? Was heißt hier Verdauungsprobleme? Wir können doch nicht ewig warten, bis Frau Feen ihre Innereien wieder im Griff hat!“

„Sie hat gesagt, sie kommt in ein paar Minuten“, versuchte die Assistentin ihren Chef zu besänftigen.

Der Regisseur gesellte sich dazu und klopfte fordernd mit dem Finger auf seine Armbanduhr. „Meine Herrschaften, Zeit ist Geld! Wir liegen schon deutlich im Zeitplan zurück.“

Mit wenigen Sätzen erläuterte der Aufnahmeleiter dem Regisseur die Problematik. Der verdrehte die Augen und ging zu dem Mann am Aufnahmepult.

In diesem Augenblick erschien endlich die erwartete Nikki Feen im Lichtkreis der Scheinwerfer. Sie trug einen knallroten Hosenanzug, der ihre schlanke Figur ansprechend betonte.

„Ich muss mich vielmals entschuldigen“, sagte sie mit einem verlegenen Lächeln, „aber das Lampenfieber …“

Der Aufnahmeleiter winkte ab. „Kein Problem!“ Zu seiner Assistentin gewandt: „Ist sie schon verkabelt?“ Als diese den Kopf schüttelte, machte er eine auffordernde Handbewegung. „Also, dann los, worauf wartet ihr noch?“

Nikki Feen wurde von der Assistentin zur Seite geführt, wo eine Tontechnikerin ein Funkmikrofon unter ihrer Kleidung befestigte. Der hautfarbene Mikrofonkopf selbst wurde mit einem Klebepad an ihrer rechten Wange befestigt.

Während Andy Farmer den Vorgang noch interessiert beobachtete, fühlte er sich plötzlich am Arm gefasst. Auch er wurde von einem Tontechniker verkabelt.

Zehn Minuten später betraten die beiden Hauptakteure die kleine Bühne. Der Regisseur wies sie kurz ein.

„Frau Feen, Herr Bürgermeister, Ihnen ist ja bekannt, dass es sich bei dieser Wahl des diesjährigen Narrenweins um eine Blindverkostung handelt. Sie sehen dort oben zehn verschiedene Weine in Bocksbeuteln von unterschiedlichen Weingütern aufgereiht. Ich kann Ihnen hierzu nur Folgendes sagen, es wurden drei Silvaner, drei Müller-Thurgau, zwei Grauburgunder und zwei Riesling eingereicht. Sie können beide natürlich nicht sehen, welcher Wein sich in welchem Bocksbeutel befindet. Von den Flaschen wurden die Originaletiketten entfernt, stattdessen befindet sich auf jedem Bocksbeutel das eigens für den diesjährigen Narrenwein von einem Grafiker entworfene Etikett, das keine Rückschlüsse auf das jeweilige Weingut zulässt. Auf der Rückseite wird später das weinrechtlich vorgeschriebene Etikett aufgeklebt. Während der Verkostung befindet sich dort nur eine Nummer. Frau Feen, Sie moderieren diese Verkostungen ohne jegliche Textvorgabe. Ihre Augen, Herr Bürgermeister, werden verbunden sein, so dass Sie die Bocksbeutel nicht sehen können, da sie teilweise unterschiedliche Formen haben. Anfassen dürfen Sie sie natürlich auch nicht. Auch die Zuseher haben keinen Wissensvorsprung. Frau Feen nennt für das Protokoll die Nummer des Weines und schenkt Ihnen anschließend ein. Der Bocksbeutel wird dann sofort wieder verhüllt. Jetzt können Sie die Binde abnehmen und versuchen. Anschließend bleibt es Ihnen überlassen, sich auf dem bereitliegenden Zettel zum jeweiligen Wein Notizen zu machen. Wenn Sie die zehn Weine durchprobiert haben, geben Sie in die Kamera die Nummern der Weine bekannt, die Ihrer Meinung nach ausscheiden sollen. Anschließend werden Ihnen wieder die Augen verbunden und Frau Feen hält die Nummern der ausgeschiedenen Bocksbeutel in die Kamera. Der soeben beschriebene Vorgang wird so oft wiederholt, bis nur noch ein Wein übrig ist, der dann als Sieger zu küren ist. Den Sieger geben Sie dann persönlich in der Fernsehübertragung bekannt." Er sah Feen und Farmer prüfend an. „Haben Sie das so verstanden oder haben Sie noch Fragen?"

Beide schüttelten einträchtig den Kopf.

„Na, dann fangen wir einfach mal an. Da es sich ja um eine Aufzeichnung handelt, können wir erforderlichenfalls wiederholen oder durch den Schnitt korrigieren. Der Vorgang wird von Dr. Rosenberger, dem Notar, beobachtet."

In diesem Augenblick hörte man vom Eingangsbereich des Weinkellers her laute Stimmen. Dort wurde offenbar gestritten. Der Regisseur drehte verärgert den Kopf in Richtung des Stimmenwirrwarrs und rief: „Kann ich hier mal Ruhe haben! Hier läuft gerade eine Fernsehaufzeichnung!"

Die Assistentin des Aufnahmeleiters hastete nach vorne, um nach der Ursache des Lärms zu sehen. Einen Moment später kam sie zurück und erklärte: „Am Eingang steht ein gewisser Herr Schöpf-Kelle, der behauptet, er sei Reporter der Würzburger Mainpostille. Er beharrt darauf, dass er ein Recht darauf habe, über die Vorauswahl des Narrenweins berichten zu dürfen. Ich habe es nicht geschafft, ihn abzuweisen."

„Der hat schon ganz andere geschafft", mischte sich Bürgermeister Farmer ein. „Am besten, Sie lassen in rein, sonst faselt er morgen in der Zeitung eine Ente zusammen, die sich gewaschen hat. Sie müssen nur dafür sorgen, dass er nicht mitbekommt, welchen Wein ich letztendlich aussuche. Sonst weiß es morgen schon der ganze Landkreis."

Der Regisseur gab der Assistentin ein Zeichen und sie eilte nach vorn, um den Reporter ans Set vorzulassen.

Vergnügt grinsend kam Schöpf-Kelle heran und winkte

den Beteiligten gut gelaunt zu. Sofort zückte er seine Kamera, die ihm um den Hals hing, und begann, Bilder zu schießen.

Der Aufnahmeleiter eilte mit beiden Händen abwinkend auf den Reporter zu, fasste ihn am Arm und schob ihn ein Stück zur Seite. Dort redete er ziemlich intensiv auf ihn ein. Schöpf-Kelle erwiderte etwas, hob dann aber beide Hände zum Zeichen seiner Kapitulation und ließ die Kamera wieder sinken.

„Ich habe ihm gesagt, dass wir anschließend die von ihm geschossenen Bilder gerne ansehen würden. Letztendlich hat er zugestimmt.

„Also, nun aber los!", kommandierte der Regisseur leicht genervt.

„Ton okay?" – „Ton okay!"

„Kamera bereit?" – „Kamera bereit!"

„Dann Action!" Er ließ seine Hand wie ein Fallbeil von oben nach unten fallen.

Nikki Feen, die neben dem am Tisch sitzenden Andy Farmer stand, blickte freundlich lächelnd in die Kamera, an deren Vorderseite ein Rotlicht aufleuchtete.

„Guten Abend, meine Damen und Herren, ich begrüße Sie sehr herzlich zur ersten Wahl des Würzburger Narrenweins, der in dieser Faschingssession eigens für diesen Zweck in einem speziellen Bocksbeutel abgefüllt wird." Sie gab einen kurzen Abriss über die bisher gepflegte Praxis der Auswahl des Narrenweins und berichtete von dem Wunsch der fränkischen Fernsehzuschauer, zukünftig diesen für die Region so repräsentativen Wein im Rahmen einer Blindverkostung durch einen Weinexperten auswählen zu lassen.

„Neben mir, meine Damen und Herren, sitzt der bekannte Würzburger Bürgermeister Andy Farmer, dessen Qualifikation als Weinkenner und Neutralität als Juror wohl niemand anzweifeln wird." Sie schilderte kurz das neue Verfahren und erklärte, dass die Bekanntgabe des ausgewählten Weines in der Fernsehsendung *Die Närrische Weinprobe* erfolgen wird.

Der Regisseur unterbrach mit einem Handzeichen die Aufzeichnung und trat nach vorn.

„Das war schon sehr schön, aber nach einem Blick auf die bisherigen Muster der Aufnahmen müssen wir noch etwas an der Beleuchtung ändern. Das heißt, alles noch mal auf Anfang."

Die Moderatorin atmete einmal tief durch, dann lächelte sie Andy Farmer zu. „So ist das halt mal bei Aufzeichnungen. Da braucht man immer Geduld."

Die Maskenbildnerin nützte die Pause, um bei den beiden Protagonisten das Make-up aufzufrischen. Ein paar Minuten später ging es weiter.

Nach vier weiteren Unterbrechungen standen nur noch fünf verhüllte Bocksbeutel vor Andy Farmer. Es waren die Weine mit den Nummern 1, 3, 7, 8 und 10. Bürgermeister Farmer gab dem Regisseur ein Zeichen, dass er eine Pause benötigte. Der Regisseur unterbrach und Farmer stand auf, um die Toilette aufzusuchen. Er stand gerade am Waschbecken und wusch sich die Hände, als ein Mitarbeiter des Fernsehteams hereinkam. Zumindest trug er ein T-Shirt mit dem Emblem des Bayerischen Rundfunks. Seine Basecap hatte er so tief ins Gesicht gezogen, dass man seine Gesichtszüge nicht erkennen konnte. Als Farmer sich abwandte, um den Waschraum wieder zu verlassen, trat der Mann von hinten an ihn heran und legte ihm die Hand auf den Arm. Der Bürgermeister drehte sich überrascht herum. Da drückte ihm der Mann einen kleinen Zettel in die Hand. Jetzt konnte Farmer kurz seine asiatischen Gesichtszüge sehen. Ehe er reagieren konnte, war der Mann wieder draußen. Farmer faltete den kleinen Zettel auseinander und erschrak. Das Blatt zeigte ihm ein Foto der vertrauten Vorderfront seines Wohnhauses, darunter stand die Ziffer 7. Sonst gab es keinerlei Hinweise. Für Farmer war die Botschaft aber klar. Die Organisation erinnerte ihn an seine Aufgabe. Der kalte Schweiß brach ihm aus. Hastig faltete er die Notiz zusammen, steckte sie in die Hosentasche und verließ die Toilette. Draußen sah er sich um. Von dem Asiaten war weit und breit nichts mehr zu sehen.

Als er gerade zum Set zurückkehren wollte, versperrte ihm der Zeitungsreporter Schöpf-Kelle den Weg.

„Herr Bürgermeister, es wäre schön, wenn Sie mir für unsere Leser ein kurzes Statement zu dem neuen Auswahlverfahren des Narrenweins geben könnten. Es ist ja, seit es die *Närrische Weinprobe* gibt, das erste Mal, dass nicht von vornherein feststeht, von welchem großen Weingut der Narrenwein kommt."

Andy Farmer winkte ungeduldig ab. „Lieber Schöpf-Kelle, Sie sehen doch, wir sind mitten in der Aufzeichnung. Wenn Sie mich interviewen wollen, dann machen Sie bitte einen Termin mit meinem Sekretariat aus. Jetzt muss ich aber weiter!"

„Auch kein Foto?"

Kopfschüttelnd eilte Farmer davon. Der Reporter sah ihm verwundert hinterher. Er konnte sich überhaupt nicht erinnern, dass sich Bürgermeister Farmer einmal der Presse verweigert hätte. Für ein schönes Foto stand er normalerweise immer zur Verfügung. Farmers Verhalten war für ihn so ungewöhnlich, dass der Sensor in seiner Reporternase Alarm schlug. Stimmte hier etwas nicht? War hier vielleicht eine echte Story abzugreifen? Schöpf-Kelle nahm sich vor, am Ball zu bleiben. In diesem Augenblick tippte ihn ein Finger auf die Schulter. Aus seinen Gedanken gerissen, bemerkte er erst jetzt die Assistentin des Aufnahmeleiters, die sich ihm unbemerkt genähert hatte.

„Herr Schöpf-Kelle, es tut mir sehr leid, aber Sie müssen nun den Weinkeller verlassen. Wir zeichnen jetzt die Wahl des Siegerweines auf. Das ist streng geheim und muss leider ohne Sie erfolgen. Sie haben sicher Verständnis dafür, dass wir die Auflösung nicht schon vorher in der Zeitung lesen möchten." Sie wies freundlich, aber bestimmt zur Treppe.

Schöpf-Kelle zuckte mit den Schultern. „Ist schon in Ordnung." Er wandte sich ab und verließ den Weinkeller. Immerhin hatte er Interviews mit dem Weinbaupräsidenten und dem Faschingspräsidenten auf seinem Aufnahmegerät sowie einige Fotos gemacht, die er dem Aufnahmeleiter auch brav vorgezeigt hatte. Das würde zunächst mal für einen informativen Artikel genügen. An der Geschichte mit Farmer würde er auf jeden Fall dranbleiben. Sein journalistischer Instinkt sagte ihm, dass da irgendetwas im Busch war.

Als Farmer zum Set zurückkehrte, warf ihm die Maskenbildnerin einen kritischen Blick zu. Der Mann hatte während der Pause heftig geschwitzt. Warum auch immer. Jedenfalls musste sie noch einmal gründlich nacharbeiten. Während sie am Gesicht des Bürgermeisters arbeitete, wollte er von ihr wissen, ob es in der Crew auch Asiaten gab. Sie verstand zwar nicht, was diese Frage sollte, verneinte aber. Was aber offenbar bei dem Mann einen neuerlichen Schweißausbruch verursachte. Wahrscheinlich hat er zu hohen Blutdruck, dachte sie, der sein Blut bei Stress in Wallung bringt. Wenig später hatte sie das Problem durch den Einsatz von massenweise Puder wieder im Griff. Auf dem Bildschirm würde man das später nicht sehen.

Andy Farmer kehrte nach der Aufforderung des Regisseurs an seinen Platz auf der Bühne zurück. Er wusste jetzt, was er tun musste, sosehr ihm das auch widerstrebte.

Eine halbe Stunde später fiel die Klappe. Regisseur Rocky Horror war mit dem Ergebnis ihrer Arbeit zufrieden und entließ Nikki Feen und Andy Farmer.

Nachdem die Exweinkönigin und der Bürgermeister wieder abgeschminkt waren, gesellten sich die beiden Präsidenten zu ihnen.

„Das ist ja prima gelaufen", stellte Toni Felsmann händereibend fest. „Ich denke, wir haben uns alle einen guten Schoppen und etwas Ordentliches zu essen verdient." Er blickte beifallheischend in die Runde.

Nikki Feen hob bedauernd die Hand. „Tut mir leid, aber ich muss in den Sender und ein Nachmittagsmagazin moderieren. Ein anderes Mal gern." Sie gab jedem die Hand und verabschiedete sich.

„Wie sieht es mit den beiden Herren aus? Sie werden mir doch keinen Korb geben? Ich habe in den Juliusspital-Weinstuben Plätze reservieren lassen."

Schlehbusch nickte zustimmend. „Von mir aus gern."

Andy Farmer war es jetzt nicht gerade nach Feiern zumute, stimmte aber zu. Es gab noch einige Punkte zu besprechen, was man bei dem Essen erledigen konnte.

Nachdem man ausgiebig gespeist und getrunken hatte, die Herren waren mittlerweile beim Du, wurde Felsmann noch einmal geschäftlich.

„Es wurde ja bei der Festlegung der Regularien dieses Auswahlverfahrens vereinbart, dass dem Siegerweingut eine Urkunde ausgestellt wird, die seinen Erfolg ausweist. Wir drei werden diese Urkunde unterzeichnen, wodurch sie im Geschäftsverkehr für den betreffenden Winzer auch einen gewissen Wert erhält. Die Urkunde ist noch im Druck und wird in den nächsten Tagen geliefert werden. Wenn ich sie unterschrieben habe, werde ich sie mit einem Fahrradboten an dich, Bernie, weiterleiten. Du bist dann so nett und schickst sie an Andy weiter. Wir legen sie dann in einen schönen repräsentativen Rahmen und überreichen sie während der *Närrischen Weinprobe* an den Sieger."

„Sehr gut gelöst!", stimmte der Faschingspräsident zu.

„Kann ich nur beipflichten!", erklärte der Bürgermeister.

Die drei Herren hoben ihre Gläser und stießen auf ihren Erfolg an. Dass einer der drei die Begeisterung nur sehr gebremst teilte, fiel den beiden anderen nicht auf.

Würzburg, Montag, den 24. Oktober

Am Morgen fuhr Agnes Schneider, eine der Mitarbeiterinnen des Redaktionsteams des Bayerischen Rundfunks, Abteilung Fernsehen, kurz vor 7 Uhr mit dem Aufzug hinauf auf die Ebene der Redaktionsräume. Aus ihrer Handtasche ragte die heutige Ausgabe der Mainpostille heraus, in der Hand hielt sie einen Kaffee to go, den sie sich in der Kaiserstraße mitgenommen hatte. In der Regel war sie täglich die Erste, die die Büroräume des Senders betrat. Als ausgesprochene Frühaufsteherin hatte sie um diese Zeit bereits eine Stunde Jogging hinter sich. Wie jeden Morgen öffnete sie zunächst einmal einige Fenster, um frische Luft in die Räume zu lassen. Dabei fiel ihr Blick auf den Bahnhofsvorplatz, der von hier aus dem höchsten Stockwerk des Postgebäudes, in dem der BR untergebracht war, bestens eingesehen werden konnte. Sie nahm einen Schluck von dem heißen Kaffee, dabei drückte sie den Einschaltknopf ihres Computers. Mit Schwung warf sie die Mainpostille auf ihren Schreibtisch, dann schnappte sie sich ihre Handtasche und den Kaffeebecher und verschwand auf der Toilette, um etwas an ihrem Make-up zu arbeiten, solange der Computer hochfuhr. Als sie zurückkam, zeigt der Bildschirm das Logo des Bayerischen Rundfunks. Sie setzte sich in ihren Bürostuhl und klickte sich ins E-Mail-Programm, dass der BR nutzte, ein. Sofort wurde angezeigt, dass unter *info@br-fernsehen-unterfranken.de* fünfzehn neue Nachrichten eingegangen waren. Diese E-Mail-Adresse war öffentlich und alle Zuschauer konnten sich über diese Adresse mit ihren Anliegen an die Redaktion wenden. Sie überflog die Betreffzeilen, ob auf dem ersten Blick eine wichtige Nachricht zu erkennen war. Eine Betreffzeile machte sie stutzig. „WARNUNG!" stand da in großen Lettern zu lesen. Sofort klickte sie auf die Mitteilung und öffnete sie. Mit aufgerissenen Augen las sie die Nachricht:

An die Fernsehverantwortlichen
der Sendung Die Närrische Weinprobe

Wir haben erfahren, dass bei der Aufzeichnung der Auswahl des diesjährigen Narrenweins durch Bürgermeister Andy Farmer schon vorher feststand, dass der Wein eines bestimmten Weinguts aus Maindorf zum Zuge kommen soll. Wir finden das absolut korrupt, skandalös und kriminell.
Wir werden unter allen Umständen die Kür dieses Weins zum diesjährigen Narrenwein zu verhindern wissen. Wenn es sein muss, mit Gewalt!

Fränkische Weinpatrioten

Sie las die Botschaft zum zweiten Mal, dann klickte sie auf das Druckersymbol und der Laserdrucker in der Ecke erwachte aus dem Schlafmodus. Noch während der Drucker die E-Mail ausspuckte, griff sie nach dem Telefon und drückte die Kurzwahltaste für den Privatanschluss des Redaktionsleiters. Sie erwischte ihn offenbar gerade beim Frühstück. Mit knappen Worten erläuterte sie den Grund ihres Anrufs, dann las sie dem Mann die E-Mail vor.

„Ich bin in ein paar Minuten da!", stöhnte der Redaktionsleiter, dann beendete er das Gespräch.

Würzburg, Donnerstag, den 27. Oktober

Erich Rottmann, ehemaliger Hauptkommissar und seit seiner Pensionierung immer wieder an der Lösung skurriler Kriminalfälle in Würzburg beteiligt, saß mit seinem Hund Öchsle im Wartezimmer der Tierarztpraxis ihres Vertrauens. Wobei der Begriff Vertrauen in erster Linie für den menschlichen Part dieses Zweiergespanns galt. Öchsle sah dies naturgemäß etwas anders. Bei ihm waren die alljährlichen Routineimpfungen fällig. Eine Prozedur, der sich der Rüde, um es einmal vorsichtig zu umschreiben, nur mit einem sehr schaumgebremsten Enthusiasmus unterzog. Den Kopf auf den Vorderläufen abgelegt, harrte er, leinenlos wie immer, unter dem Stuhl seines Menschen, mit Trauermiene den Dingen harrend, denen er nicht entgehen konnte.

Rottmann gegenüber saß eine ältere Dame, die in einem verschließbaren Weidenkorb eine Katze auf dem Schoß hielt. Die Katze fand die Anwesenheit des Rüden wohl als ausgesprochen störend, denn immer, wenn er auch nur mit einem Ohr zuckte, gab sie fauchende Laute von sich. Ihre Besitzerin schien diese Antipathie zu teilen, denn ständig warf sie kritische Blicke herüber. Rottmann hatte diese bisher noch gar nicht zur Kenntnis genommen, da er sich gerade Gedanken darüber machte, ob er wohl heute noch rechtzeitig zum Stammtisch kommen würde. Denn im Augenblick befand sich im Behandlungszimmer ein Mann mit einer Boxerhündin, die unter erheblicher Verstopfung litt. Vorhin, während der Besitzer wartete, an die Reihe zu kommen, hatte er alle im Wartezimmer sitzenden Personen ausführlich über alle Symptome dieser Erkrankung informiert. Auch die Katzenbesitzerin war noch vor ihm dran und sie sah nicht danach aus, als hätte sie es besonders eilig.

Plötzlich zuckte Öchsle zusammen und begann damit, sich mit schnellen Bewegungen seines Hinterlaufs hinter dem Ohr zu kratzen. Die Reaktion des Stubentigers war absolut hysterisch. Unter lautem Fauchen tobte die Katze so heftig in ihrem Gefängnis herum, dass ihrer Besitzerin der Weidenkorb fast vom Schoß gefallen wäre.

„Mein Herr, sollten Sie mit Ihrem Hund nicht draußen warten, wenn er so voller Flöhe ist? Dieses Ungeziefer überträgt sich doch auch auf andere Tiere! Im Übrigen sollten Sie so rücksichtsvoll sein, Ihren Hund anzuleinen. Woher soll man wissen, ob er nicht auf Katzen aggressiv reagiert?“

Erich Rottmann sah die Frau an, als hätte er sie gerade eben zum ersten Mal wahrgenommen.

„Machen Sie sich keine Sorgen, gnädige Frau, stellen Sie sich vor, er hat heute zum Frühstück bereits eine ziemlich fette Katze verspeist und ich denke, dass er im Augenblick noch verdaut. Was die Flöhe betrifft, haben Sie natürlich recht.“ In diesem Augenblick schnellte Rottmanns Hand nach vorn und griff sich etwas nicht Sichtbares von Öchsles Fell. „Habe ich dich!“, stellte er zufrieden fest und betrachtete etwas, was er zwischen Daumen und Zeigefinger hielt. „Sehen Sie, schon wieder einer weniger.“ Mit zufriedener Miene zerrieb er den imaginären Floh zwischen den Fingern und wischte diese an seiner dunkelbraunen Cordhose ab.

„Gott, wie ekelig!“, stieß die Frau entsetzt hervor, packte den Weidenkäfig am Griff, erhob sich und verließ mit hochrotem Kopf das Wartezimmer.

„Weißt du, was sie hat?“, brummelte Rottmann leise und streichelte Öchsle über den Kopf. Wie es aussah, hatte sich soeben seine Chance, den Stammtisch noch rechtzeitig zu erreichen, um eine Katzenbehandlungslänge verbessert.

In diesem Augenblick öffnete sich die Tür zu den Praxisräumen und der Mann mit der Boxerhündin kam heraus. „Gott sei Dank, jetzt flutscht es wieder. So ein Einlauf wirkt Wunder!", erklärte er in Rottmanns Richtung und verließ mit seiner Hündin die Tierarztpraxis.

„Der Nächste bitte!", rief die Arzthelferin und sah Rottmann auffordernd an.

„Ich schätze mal, das sind jetzt wir." Von der Katzenbesitzerin war weit und breit nichts mehr zu sehen. Rottmann erhob sich und schnalzte auffordernd mit der Zunge. Öchsle sah ihn mit ausgesprochen leidender Miene an, fügte sich dann aber in das Unausweichliche. Einige Minuten später verließen Herr und ein wieder bestens gelaunter, mit Leckerchen reichlich belohnter Hund die Praxis. Als sie an den auf den Gehsteig parkenden Fahrzeugen vorbeiliefen, entdeckte Rottmann die Katzenbesitzerin, die ihn mit bösen Blicken bedachte. Offensichtlich hatte sie in ihrem Fahrzeug gewartet, bis Rottmann fertig war. Erich Rottmann winkte ihr mit einem ausgesprochen freundlichen Lächeln zu, was bei ihr gestenreich einen regelrechten Wortschwall auslöste, dessen sicher höchst interessanten Inhalt Rottmann wegen der geschlossenen Scheiben aber bedauerlicherweise nicht verstehen konnte.

Rottmann und Hund marschierten gerade zielstrebig über den Residenzplatz, als sich in seiner Joppentasche sein Mobiltelefon meldete.

„Wer will denn da schon wieder was in aller Herrgottsfrühe?" Er überlegte kurz, ob er überhaupt drangehen sollte, entschied sich dann aber dafür, da es ja auch wichtig sein konnte. Die Nummer des Anrufers war unterdrückt und daher auf dem Display nicht zu erkennen.

„Rottmann!“, meldete er sich mit forscher Stimme, wobei er das R besonders fränkisch rollte.

„Hallo, Herr Rottmann“, ertönte eine tiefe männliche Stimme, „wir kennen uns leider nicht. Ich habe Ihre Telefonnummer von Ihrem ehemaligen Kollegen Kriminalhauptkommissar Florian Deichler. Der Name sagt Ihnen doch sicher noch etwas?“

Rottmann gab ein Brummen von sich, das vom Verständnis her weder eine Zustimmung noch eine Verneinung darstellte.

„Mein Name ist Pytschykovwsky, Polizeidirektor Leander Pytschykovwsky, vom Landeskriminalamt in München. Herr Rottmann, es gibt da eine Angelegenheit, die ich gern mit Ihnen besprochen hätte, allerdings nicht am Telefon. Die Sache ist relativ dringlich, deshalb werde ich Sie noch heute zu Hause besuchen. Ich gehe davon aus, Sie werden das einrichten können.“

Rottmann runzelte die Stirn. Das war eindeutig keine Frage, sondern eine Feststellung, eher noch ein Befehl. Überhaupt hatte der Mann etwas Bestimmendes im Tonfall. Offenbar war er es gewohnt, Befehle zu erteilen. Schon während seiner aktiven Zeit als Leiter der Würzburger Mordkommission hatte Rottmann gewisse Schwierigkeiten mit autoritär auftretenden Vorgesetzten gehabt. Jetzt, nachdem er sich im Ruhestand befand, gingen ihm derartige Persönlichkeiten erst recht peripher tangential am Allerwertesten vorbei. Selbst wenn sie ihn auf Empfehlung von Florian Deichler kontaktierten.

„Jetzt einmal langsam!“, bremste Rottmann den Redefluss des Anrufers. „Im Augenblick bin ich gerade auf dem Weg zum Stammtisch. Dort werde ich mich mit Sicherheit mindestens zwei Stunden aufhalten. Danach werde ich mit meinem

Hund Gassi gehen und anschließend ein bis zwei Stunden Siesta halten. Sagen wir, so um 17 Uhr 30 können Sie bei mir noch einmal höflich telefonisch nachfragen …"

„… ja, aber so geht das doch nicht!" Die Stimme des Mannes dröhnte so laut aus dem Telefon, dass Rottmann es ein Stück vom Ohr weghalten musste.

„Ich bin absolut sicher, dass das geht", erwiderte der Exkommissar und beendete das Telefonat. Er würde gelegentlich Deichler klarmachen müssen, dass er seine Telefonnummer nicht an irgendwelche Wichtigtuer herausgeben solle.

Eine knappe Viertelstunde nach der üblichen Zeit betrat Erich Rottmann seine zweite Wohnstube, den *Maulaffenbäck*. Alle Stammtischbrüder waren schon am runden Tisch versammelt und sahen einem ihrer Gründungsmitglieder verwundert entgegen. Normalerweise war Rottmann immer einer der Ersten. Im Vorübergehen nickte er Anni, der Bedienung, freundlich zu, dann klopfte er zur Begrüßung mit den Knöcheln auf die Tischplatte und ließ sich auf seinem Stammplatz auf der Bank niederplumpsen. Öchsle holte sich bei allen Schoppenfreunden einen Streichler ab, dann verkrümelte er sich unter die Bank und rollte sich zu einem gemütlichen Nickerchen zusammen, da nach seiner Erfahrung der Aufenthalt hier länger dauern würde.

„Na, Erich, haben wir heute etwas verschlafen?" Dr. Horst Ritter, ehemaliger Leiter der Würzburger Staatsanwaltschaft und, wie Erich Rottmann, Gründungsmitglied des Stammtisches, zwinkerte ihm scherzhaft zu.

„Wahrscheinlich wurde er von seiner Freun… äh, ich meine, flüchtigen Bekannten Elvira aufgehalten", mutmaßte Ron Schneider, ehemaliger Seniorchef einer großen Würzburger Anwaltskanzlei, „er will es nur nicht zugeben." Schneider, der schon seit längerem Probleme mit seinem Zahnersatz hatte und deshalb seit geraumer Zeit mit seinem Zahnarzt prozessierte, intonierte mit den gewohnten Zischlauten.

Anni, die Rottmann gerade seinen gewohnten Silvaner servierte, versuchte die Frotzeleien etwas abzumildern.

„Der Erich hat euch doch gestern gesagt, dass er heute mit Öchsle zur Impfung muss. Euer Kurzzeitgedächtnis lässt auch immer mehr zu wünschen übrig." Sprach's und eilte zu einem anderen Gast, der nach ihr gerufen hatte.

„Ja, ja, auf unseren Erich lässt die gute Anni nichts kommen", stellte Xaver Marschmann augenzwinkernd fest. „Darauf stoßen wir jetzt erst mal an." Dieser Aufforderung kam jeder der Schoppenbrüder immer gerne nach. Klingend stießen die Gläser aneinander. Nach zweieinhalb Stunden gingen die Schoppenfetzer auseinander.

Da Rottmann zum Frühschoppen die gewohnte tellerüberlappende Portion Leberkäse verzehrt hatte, verzichtete er auf das Mittagessen und legte sich sofort nach dem Heimkommen auf seine Couch.

Pünktlich um 17 Uhr 30 läutete Rottmanns Türglocke. Der Schoppenfetzer, der in der Küche stand und gerade die Spülmaschine ausräumte, brummelte leise. Öchsle gab ein kurzes warnendes Bellen von sich. Mit hoch erhobener Rute eilte er in den Flur und fixierte die Eingangstür.

„Das ist bestimmt dieser Beschisski oder wie dieser Typ heißt", vermutete Rottmann und ärgerte sich schon mal auf Vorrat, weil der Typ nicht vorher angerufen hatte, obwohl er ihn darum gebeten hatte. Er betätigte den Türöffner und stellte sich mit in die Seiten gestemmten Händen unter den Türrahmen. Schnell, immer zwei Stufen auf einmal nehmend, kam ein dunkelhaariger, schlanker Mann im dunkelgrauen Anzug mit Krawatte dynamisch die Treppe heraufgespurtet. In der Hand trug er eine dünne Aktenmappe. Als er Rottmann sah, blieb er abrupt einige Stufen tiefer stehen und musterte den Schoppenfetzer kurz, aber eindringlich. Für einen Augenblick hatte Rottmann das Gefühl, er würde gerade geröntgt.

„Ja, bitte?" Öchsle streckte den Kopf neben Rottmanns Beinen durch und fixierte den Unbekannten mit kritischem Blick. Nichts an der Körperhaltung des Rüden signalisierte Freundlichkeit, die er üblicherweise zeigte, wenn sein Mensch Besuch bekam.

Während der Fremde die letzten Stufen überwand, griff er in seine Jackettasche, holte ein kleines Lederetui heraus und hielt es Rottmann entgegen. „Ich bin, wie Sie sehen, Polizeidirektor Leander Pytschykovwsky vom Landeskriminalamt in München. Herr Rottmann, wir haben vor kurzem telefoniert."

„Stimmt …", entgegnete Rottmann schnoddrig, „… und genau das sollten Sie noch einmal machen, bevor Sie hier so einfach meine Wohnung stürmen." Rottmann rückte keinen Zentimeter zur Seite.

„Das ist richtig, aber ich befinde mich unter einem extremen Zeitdruck, der derartige Formalitäten nicht zulässt. Ich muss Sie wirklich sehr eindringlich bitten, mich einzulassen. Wir, die Polizei, benötigen dringend Ihre Hilfe!" Mit einer gleitenden Bewegung ließ er das Ausweisetui wieder in seiner Jackentasche verschwinden.

Rottmann wartete noch einen kurzen Moment, um zu demonstrieren, dass ihn der Dienstgrad des Mannes nicht sonderlich beeindruckte, dann trat er zur Seite, um ihn einzulassen. Als Pytschykovwsky sich an ihm vorbeizwängte, ließ Öchsle ein leises Knurren hören, blieb aber ansonsten friedlich.

Mit einer Handbewegung wies Rottmann den Polizeibeamten in sein Wohnzimmer und bot ihm einen Platz an. Pytschykovwsky nickte knapp, dann setzte er sich. Öchsle legte sich wachsam unter den Tisch und ließ ihn keine Sekunde lang aus den Augen. Der Rüde spürte die Reserviertheit, die sein Mensch gegenüber diesem Besucher empfand.

„Herr Rottmann, ich kann Ihre Verwunderung sehr gut verstehen, aber wir, das Landeskriminalamt, befinden uns in einer sehr misslichen Situation, die wir nur mit Ihrer Hilfe bereinigen können."

Rottmann saß bequem zurückgelehnt auf seiner Couch, fühlte sich aber keineswegs so entspannt, wie er äußerlich wirkte. Das Gefühl, hier einem Problem die Tür geöffnet zu haben, wurde von Minute zu Minute stärker.

„Jetzt reden Sie nicht um den heißen Brei herum, sondern lassen Sie die Katze aus dem Sack. Wenn die Polizei einen pensionierten Kriminaler auf diese Weise anspricht, ist doch irgendwo die Kacke am Dampfen. Zu welcher Dienststelle im Landeskriminalamt gehören Sie eigentlich?"

Der Polizeidirektor räusperte sich, dann fuhr er fort: „Mir untersteht eine Einsatzgruppe der Abteilung für Personenschutz. Wir wurden vom Polizeipräsidium Unterfranken um Unterstützung gebeten, da es Hinweise darauf gibt, dass auf einen hiesigen Politiker ein Anschlag geplant sein könnte."

Erich Rottmann stieß einen leisen Pfiff aus. Schlagartig erwachte der Kriminaler in ihm und ab sofort zeigte er volle Aufmerksamkeit.

Pytschykovwsky nickte. „Der Anschlag soll während eines öffentlichen Auftritts dieser Persönlichkeit erfolgen. Leider haben wir trotz aller Anstrengungen noch keinen Hinweis auf einen bestimmten Täterkreis ermitteln können."

„Das ist ja alles sehr interessant, aber ich sehe bei all Ihren Ausführungen keine Verbindung zu mir."

„Dazu komme ich jetzt. Was ich Ihnen nun sage, unterliegt ihrer Verpflichtung zur Amtsverschwiegenheit, an die sie auch als Beamter außer Dienst nach wie vor gebunden sind. Hierüber muss ich Sie ausdrücklich belehren." Pytschykovwsky sah Rottmann durchdringend an.

„Gut, das habe ich verstanden", erwiderte der etwas ungeduldig. „Jetzt legen Sie endlich mal die Fakten auf den Tisch."

„Bei der gefährdeten Person handelt es sich um Herrn Andy Farmer, einen der Bürgermeister von Würzburg. Ich nehme an, Sie kennen ihn."

Erich Rottmann fiel vor Erstaunen der Unterkiefer herunter. Nach einer kurzen Pause, in der er sich erst einmal fassen musste, fragte er: „Wer hat denn ein Interesse daran, diesen harmlosen freundlichen Mann, der nur seine Aufgabenerfüllung kennt, zu bedrohen?"

„Das Motiv der oder des Täters ist uns leider ebenfalls noch nicht bekannt. Es gibt eine Droh-E-Mail, in der ganz konkret angekündigt wird, dass auf Herrn Farmer im Rahmen der Veranstaltung *Die närrische Weinprobe* ein Anschlag erfolgen soll. *Die Närrische Weinprobe* ist eine Veranstaltung des Bayerischen Rundfunks, die alle Jahre aus dem Stückfasskeller des Staatlichen Hofkellers in Würzburg im Fernsehen übertragen wird. Der Absender der E-Mail erklärt aber nicht, was Herr Farmer tun muss, um dieses Attentat zu verhindern."

Erich Rottmann winkte ab. „Diese Veranstaltung ist mir bekannt. Ziemlich viel Narretei. Ich hatte auch schon mal eine Einladung, bin aber nicht hingegangen."

„Dann wissen Sie ja, wovon ich spreche. Herr Farmer repräsentiert dabei die Stadt und wird das auch in diesem Jahr tun. Dabei soll er den diesjährigen Narrenwein vorstellen."

Als er offensichtlich zu einer Erklärung dieses Begriffs ansetzen wollte, hob Erich Rottmann die Hand. „Auch das müssen Sie mir nicht erklären. Aus diesem Anlass wird jedes Jahr ein eigener Bocksbeutel herausgegeben."

Rottmann beugte sich nach vorn und stützte seine Ellbogen auf den Oberschenkeln ab. „Das, was Sie mir da erzählen, ist ja alles schön und gut, ich sehe aber immer noch nicht, was das alles mit meiner Person zu tun hat. Ich werde sicher auch dieses Jahr nicht zu dieser Veranstaltung gehen."

Pytschykovwsky sah Rottmann längere Zeit nachdenklich an, dann sagte er: „Herr Rottmann, ich fürchte, da werden Sie umdisponieren müssen. Ich habe von höchster Stelle den Auftrag, Sie über Folgendes zu informieren: Sie sind für die Dauer eines Sondereinsatzes wieder reaktiviert." Seine Hand fasste in die Aktentasche und entnahm ihr zwei DIN-A4-Blätter. Wortlos legte er sie vor Rottmann auf die Platte des Couchtisches.

Erich Rottmann war von der Aussage des Mannes derart geschockt, dass er für einen Moment Schwierigkeiten hatte, die Situation richtig zu erfassen. Auf jeden Fall hatte es ihm die Sprache verschlagen. Ein Zustand, der Rottmann eigentlich wesensfremd war.

„Lesen Sie!", forderte der Polizeibeamte ihn auf.

Rottmann bemühte sich um Fassung und tastete nach den Blättern. Langsam faltete er sie auseinander. Erich Rottmann musste den Text des einen Schreibens zweimal lesen. Im üblichen formalen Amtsdeutsch teilte man ihm mit, dass er ab sofort für die Dauer von längstens drei Monaten wieder in sein ursprüngliches Amt als Erster Kriminalhauptkommissar eingesetzt und dem Landeskriminalamt, Abteilung Personenschutz, zur besonderen Verwendung zugewiesen sei. Bei dem anderen Blatt handelte es sich um eine Ernennungsurkunde.

Mittlerweile war das Blut in Rottmanns Gesicht zurückgekehrt und seine grauen Zellen arbeiteten auf Hochtouren. Heftig schüttelte er den Kopf und warf die Blätter auf die Tischplatte zurück.

„Das könnt ihr vergessen! Ich habe fünfundvierzig Jahre dem Staat gedient und damit meine Pflicht für alle Zeiten erfüllt. Sucht euch einen anderen Depp! Bitte gehen Sie jetzt!“

Pytschykovwsky hatte offenbar mit einer solchen Reaktion gerechnet, denn er blieb völlig gelassen sitzen. Nach einem kurzen Moment der Sammlung erklärte er: „Herr Rottmann, ich kann Ihre Überraschung durchaus verstehen. Das heißt aber nicht, dass ich Ihre Weigerung akzeptieren werde. Bevor Sie wieder aus der Haut fahren, lassen Sie mich Ihnen doch erst einmal erklären, welche Aufgabe Sie übernehmen sollen.“

„Das ist mir völlig wurscht! Verschwinden Sie, bevor ich richtig unfreundlich werde!“

Öchsle, der die scharfen Töne in der Unterhaltung registrierte, knurrte.

„Herr Rottmann, seien Sie doch bitte vernünftig. Das ist kein Wunschkonzert! Sie sind ab sofort wieder aktiver Beamter und mir direkt unterstellt. Sie arbeiten also praktisch für das Landeskriminalamt. Ich will Ihnen wirklich nicht drohen, aber Sie wissen genau, welche Repressalien Beamte erfahren können, wenn sie ihre Dienstpflichten nicht erfüllen. Auf diesem Niveau möchte ich mich mit Ihnen aber gar nicht unterhalten. Wollen Sie wirklich Ihre Mithilfe verweigern, wenn Sie Menschenleben retten können?“ Er kniff seine Augen zusammen und ließ sich keine von Rottmanns Reaktionen entgehen. Er hoffte, ihn damit überzeugt zu haben. Die Aussage des letzten Satzes machte Rottmann tatsächlich ziemlich betroffen. Er atmete tief durch, um sich zu beruhigen, dann fragte er zögerlich: „Wieso könnte ich Leben retten?“

Pytschykovwsky lehnte sich entspannt zurück.

„Wie auch in den vergangenen Jahren wird in dieser Sendung der diesjährige Narrenwein vorgestellt. Allerdings gibt es diesmal einen kleinen Unterschied. Herr Farmer hat sich bereit erklärt, diesen besonderen Tropfen direkt in der Sendung zu prämieren. Nachdem diese Anschlagsdrohung eingegangen ist, die wir durchaus sehr ernst nehmen, haben wir uns zusammen mit dem Bayerischen Rundfunk entschlossen, diese Prämierung aufzuzeichnen und während der Sendung einzuspielen. Herr Farmer wird während der Aufzeichnung der *Närrischen Weinprobe* nicht anwesend sein. Und da kommen Sie ins Spiel."

Erich Rottmanns Gesicht zeigte nur Verständnislosigkeit.

„Vielleicht vermuten Sie es schon. Wir werden Sie als Double einsetzen. Da Herr Farmer sowieso maskiert erschienen wäre, dürfte es kein Problem sein, Sie in seine Rolle schlüpfen zu lassen."

„Das ist das Verrückteste, was ich je gehört habe!", stieß Rottmann hervor. „Wir haben doch keinerlei Ähnlichkeit miteinander."

„Da irren Sie sich aber gewaltig! Die Maskenbildner des BR werden Sie so maskieren und schminken, dass Sie Ihre eigene Mutter nicht mehr erkennen würde. Die erforderliche Statur haben Sie ja." Pytschykovwskys Blick verweilte einen Augenblick auf der Leibesfülle seines Gegenübers.

„… und was soll ich konkret dort tun?"

„Sie sitzen in der Nähe des Bischofs und der Landtagspräsidentin, die ebenfalls anwesend sein werden. Sie tragen selbstverständlich eine Dienstwaffe und halten die Augen offen. Die Gäste, die sich in Ihrer unmittelbaren Nähe aufhalten, sind ebenfalls Beamte meiner Abteilung."

„Warum habt ihr Farmer nicht durch einen aktiven Beamten ersetzt?"

„Das hätten wir ja auch gerne getan, aber in unserer Abteilung haben wir keinen gefunden, der auch nur annähernd die kräftige Statur des Herrn Farmer gehabt hätte. Daher mussten wir auf einen pensionierten Beamten zurückgreifen, der diesem Erscheinungsbild nahekommt."

„Jeder, der Andy Farmer kennt, wird sofort, sobald ich den Mund aufmache, merken, dass das ein Fake ist. Ich spreche ja, im Gegensatz zu Farmer, praktisch hochdeutsch."

Pytschykovwsky warf ihm einen fragenden Blick zu, weil er nicht wusste, ob Rottmann scherzte oder es ernst meinte, dann ignorierte er diese Bemerkung ganz einfach.

„Auch daran haben wir selbstverständlich gedacht. Sie werden ganz einfach schweigen. Wir verbreiten, dass Sie sich eine Stimmbandentzündung zugezogen haben und deshalb nicht sprechen können. Da wird jeder für Sie Verständnis haben. Ein weiterer wichtiger Punkt bei dieser Gefährdungslage ist, dass Sie als ehemaliger Kriminalbeamter mit Schusswaffen umgehen können und Erfahrungen mit gefährlichen Situationen haben."

Der LKA-Mann öffnete seine Lederaktentasche und holte eine Pistole, die in einem Schulterpolster steckte, und ein kleines Lederetui heraus. Beide Gegenstände legte er vor Rottmann auf den Tisch.

„Damit ich es nicht vergesse: Hier sind Ihre Waffe und Ihr Dienstausweis."

Erich Rottmann ließ die Waffe unbeachtet und öffnete das Etui. Nachdem er hineingesehen hatte, huschte dann doch ein Grinsen über sein Gesicht.

„Da habt ihr doch tatsächlich das uralte Foto aus meiner Personalakte verwendet! Darauf erkennt mich doch kein Mensch." Pytschykovwsky zuckte mit den Schultern. „Offenbar stand kein aktuelleres Bild zur Verfügung. Wahrscheinlich werden Sie den Ausweis überhaupt nicht benötigen. Das Gleiche gilt für die Schusswaffe. Aber Ausweis und Pistole gehören nun einmal zur Standardausstattung."

Erich Rottmann legte das Etui auf den Tisch zurück, dann lehnte er sich nachdenklich zurück. Schließlich sah er den Polizeibeamten ernst an. „Also gut, als Beamter hat man ja lebenslänglich. Wenn Vater Staat mich dringend braucht …“

Ehe er den Gedanken zu Ende spinnen konnte, ertönten in Rottmanns Wohnzimmer zwei verschiedene Klingeltöne. Der eine kam aus der Jackentasche von Pytschykovwsky, der andere aus Rottmanns Joppe, die neben ihm auf der Couch lag. Beide Männer griffen zeitgleich zu ihren Mobiltelefonen. Während Pytschykovwsky mit einem entschuldigenden Blick auf den Flur hinaustrat, blieb Erich Rottmann sitzen. Aus seinem Telefon ertönte die aufgeregte weinerliche Stimme einer Frau, die er kaum verstand. Am Klangbild erkannte er schließlich, dass es sich um Elvira Stark handelte. Was sie ihm mit abgehackten Worten sagte, trieb seinen Blutdruck massiv in die Höhe.

„Ich komme sofort!“ Er sprang auf die Füße und eilte in Richtung Flur. Öchsle, der natürlich mitbekommen hatte, dass etwas nicht stimmte, folgte ihm dichtauf. In diesem Augenblick erschien die Gestalt von Pytschykovwsky im Türrahmen. Rottmann hatte ihn vor Schreck völlig vergessen.

„Ich muss sofort weg“, erklärte der Polizeibeamte sehr ernst. „Wir unterhalten uns über unsere Angelegenheit später weiter.“

Rottmann nickte. „Ich muss auch weg.“

Die beiden Männer sprangen hastig die Stufen des Treppenhauses hinunter und verließen das Haus. Pytschykovwsky eilte zu einem im Parkverbot abgestellten dunklen PKW, der nur an seinem aufgesetzten Blaulicht als polizeiliches Dienstfahrzeug zu erkennen war. Mit quietschenden Reifen und unter Sirenengeheul verließ der PKW die Rosengasse in Richtung Main.

Rottmann schenkte dem Fahrzeug keinen Blick mehr und eilte mit Öchsle im Schlepptau in Richtung Sanderstraße davon.

Zwei Stunden zuvor im Würzburger Grafeneckart

Elvira Stark waltete heute mit besonderer Akribie und schwingendem Feudel ihres Amtes als Reinemachefrau auf der Chefetage des Würzburger Rathauses. Zu diesem Zweck hatte sie die Fliesen des Flurs vor den drei Bürgermeisterbüros mit einer hohen Konzentration aus Spiritus und Meister Schrubber regelrecht gewässert. Einmal in der Woche war diese aufwändige Intensivreinigung absolut notwendig. Nur so bekam sie die vielen Schleimspuren weg, die zahlreiche Besucher der Stadtoberhäupter dort hinterlassen hatten. Es war eine ihrer wichtigsten Pflichten, auf diese Weise Unfälle durch Ausrutschen der Nachfolger auf der Spur des Vorgängers zu verhindern. In der Regel erledigte sie diese Aufgabe an diesen Tagen meist so gegen 18 Uhr, da sie dann ziemlich sicher sein konnte, dass keines der Büros mehr besetzt war. Die ätherischen Ausdünstungen der aggressiven Reinigungsflüssigkeit verbreiteten in der Umgebung einen an diesem Ort völlig deplatziert wirkenden antiseptischen Geruch, den man üblicherweise nur von Krankenhausfluren kannte. Elvira tauchte gerade ihren Wischmopp erneut in die bläuliche Flüssigkeit, als sie aus Richtung einer Tür, vor der sie immer besonders intensiv reinigen musste, ein zischendes Geräusch hörte. Verwundert hob sie den Kopf. Eigentlich wähnte sie sich alleine. Das besagte Büro hatte sie bereits saubergemacht und den Besitzer dieses Arbeitszimmers nicht gesehen. Vermutlich sah er sie bei der Arbeit und hatte sein Büro deshalb durch das Nebenzimmer, das Büro seiner Sekretärin, betreten.

Da es draußen bereits dämmerte und durch die Fenster kaum Licht hereinkam, lag der Gang im dürftigen Licht der um diese Zeit eingeschalteten Sparschaltung der Deckenlampen. Die Stadt knauserte an allen Ecken und Kanten, um die Haushaltsverschuldung runterzufahren.

Plötzlich zog sie erstaunt die Augenbrauen in die Höhe. Unübersehbar stand die markant wuchtige Figur von Bürgermeister Andy Farmer im Türrahmen. Der Bürgermeister winkte ihr hastig zu.

„Frau Stark, jetzt komm doch a mal her!"

„Einen Moment bitte", erwiderte sie und wrang schnell ihren triefenden Mopp mit Hilfe einer auf dem Eimer aufgesetzten Presse aus und lehnte ihn an die Wand. Die Sohlen ihrer Gummiclogs quietschten leise, als sie sich, um nicht auf der nassen Fläche auszurutschen, dem Bürgermeister mit vorsichtig trippelnden Schritten näherte.

„Mensch, Mädle, bin ich froh, dass du noch da bist! Komm bitte mal rein." Er machte einige Schritte zurück in sein Arbeitszimmer und winkte Elvira Stark, ihm zu folgen. Er wirkte sichtlich aufgeregt.

„Ich hab gar nicht gewusst, dass Sie noch im Haus sind", stellte sie erstaunt fest.

„Ich war noch zu einer Besprechung beim Oberbürgermeister. Als ich dann gesehen habe, dass hier geputzt wird, habe ich mein Büro durch das Zimmer meiner Sekretärin betreten." Er näherte sich einige Schritte dem Schreibtisch.

„Frau Stark, haben Sie in meinem Zimmer schon saubergemacht?" Er sah sie prüfend an.

„Ja, bevor ich mit dem Flur angefangen hab. Hab ich irgendwas falsch gemacht?"

Andy Farmer winkte ab. „Nein, nein, der Einzige, der hier wahrscheinlich Mist gebaut hat, bin ich!"

Sie sah ihn fragend an.

„Ach, ich muss eine wichtige Urkunde, die ich vorhin hier auf dem Schreibtisch liegen gelassen habe, irgendwie verschludert haben. Wenigstens dachte ich, ich hätte sie auf dem Schreibtisch liegen gelassen. Aber da ist sie nicht mehr. Haben Sie vielleicht ein festeres Blatt Papier, von dem Sie dachten, es sei Abfall, weggeworfen?" Sein Blick huschte während seiner Worte suchend durch den Raum.

Elvira Stark verneinte pikiert. „Wenn da etwas gelegen hätte, würde es auch jetzt noch da liegen. Dokumente, gleich welcher Art, rühre ich grundsätzlich nicht an!" Man konnte ihr ansehen, dass sie sich in ihrer Ehre als Reinemachefrau massiv angegriffen fühlte. Mit strengem Blick fixierte sie den Kommunalpolitiker.

Andy Farmer winkte beschwichtigend ab und ließ resignierend die Schultern hängen. „Wahrscheinlich habe ich es zusammen mit anderen Abfallpapieren in den Papierkorb geworfen. Und ebenso wahrscheinlich haben Sie die ganzen Papierabfälle sicher schon durch den Schredder gejagt, so wie Sie es ja immer tun?"

„Es ist richtig, dass ich die Papierkörbe der drei Bürgermeister bereits ausgeleert habe. Allerdings befindet sich der gesamte Abfall noch in meinem Putzwagen. Der Schredder steht ja im Keller, deshalb erledige ich diese Arbeit immer am Ende meiner Schicht."

Unvermittelt fühlte sich Elvira an den Oberarmen gepackt und an die breite Brust des wohlbeleibten Kommunalpolitikers gedrückt. Dabei stieß er einen lauten Jubelschrei aus. Elvira hatte Mühe, sich aus der atemberaubenden Umarmung des Mannes zu lösen.

„Des is ja super!", brüllte er voller Begeisterung ins Ohr der Reinemachefrau, das sich in diesem Moment auf Höhe seines

Mundes befand. „Dann muss diese verflixte Urkunde ja noch da sein! Wo steht denn Ihr Wagen? Bitte, wo?“

Mit der gleichen Vehemenz, mit der er Elvira Stark in seine Arme genommen hatte, ließ er sie auch wieder los, sodass sie, ihres Halts beraubt, beinahe gegen den Besprechungstisch getaumelt wäre.

„Aber Herr Bürgermeister …!“, stieß sie etwas konsterniert hervor, während sie sich bemühte, ihre nach oben verschobene blaukarierte Kittelschürze wieder in die richtige Ordnung zu bringen. Derart spontane Distanzlosigkeiten war sie von der Führungsebene des Grafeneckarts nicht gewöhnt.

„Liebe Frau Stark, bitte entschuldige meinen Ausbruch, aber das Dokument ist wirklich extrem wichtig. Jetzt sag halt schon, wo steht der Abfallwagen?“

„Ganz vorne, am Anfang des Flures, direkt vor dem Aufzug …“ Sie hatte noch nicht ausgesprochen, als Andy Farmer einen Tiefstart hinlegte und mit einer für sein Körpervolumen erstaunlichen Elastizität aus dem Büro stürmte.

„Vorsicht! Der Flur ist nass und rutschig!“ Die Reinemachefrau hatte den Warnruf noch nicht ganz beendet, als sie von draußen auch schon einen erschreckten Schrei hörte, der von einem lauten Aufschlag begleitet wurde. Besorgt eilte sie Farmer hinterher. Der Anblick, der sich ihr bot, war geeignet, ihre Lachmuskulatur massiv zu reizen. Andy Farmer war, wie sie es befürchtet hatte, auf dem Nässefilm der Fliesen ausgerutscht und lag nun wie eine gestrandete Schildkröte auf dem Rücken und strampelte mit den Extremitäten. Sie unterdrückte den Lachreiz und eilte dem gestürzten Mann zu Hilfe. Der hatte offenbar, dank seiner natürlichen Polsterung, keinen Schaden genommen. Er schimpfte wie ein Rohrspatz, rollte sich schnell herum und kam mit Elviras Unterstützung wieder auf die Beine.

„Tut mir leid, aber Sie wussten doch, dass ich gerade frisch geputzt habe. Im Übrigen haben Sie sich ganz ordentlich eingenässt." Sie wies auf die großflächig nasse Vorderseite seiner Anzughose.

„Ja, ja, schon gut, ist nicht so wichtig", brummte er, „hilf mir lieber beim Suchen des Dokuments." Diesmal wesentlich vorsichtiger, überwand er mit kurzen Schritten den nassen Flurbereich. Elvira Stark hielt sich trotzdem in seiner Nähe, um einen eventuellen weiteren Sturz des Bürgermeisters zu verhindern.

Am Ende des Feuchtgebiets blieben beide abrupt stehen. Der Platz vor dem Aufzug war leer. Von dem Putzkarren weit und breit nichts zu sehen!

„... und, wo ist er jetzt ...?", wollte Farmer wissen und sah Elvira Stark mit gerunzelter Stirn und deutlicher Ungeduld in der Stimme an.

„Ich habe ihn vor einer Dreiviertelstunde hier abgestellt!", beharrte Elvira auf ihrer Aussage. „Darauf verwette ich mein mickriges Monatsgehalt!"

„So ein Putzwagen kann sich doch nicht in Luft auflösen!", wetterte der Bürgermeister. „Bist du sicher, dass er nicht in einem anderen Stockwerk steht?"

„Ich bin doch nicht verrückt!" Sie trat näher an die Aufzugtür heran. „Genau hier habe ich ihn abgestellt und die Radbremsen reingemacht." Während sie sprach, warf sie einen Blick auf die Tür des Lifts. In ihrer Mitte befand sich ein schmales Fenster, das fast die ganze Höhe der Tür einnahm. Durch dieses Fenster konnte man normalerweise die Aufzugkabine erkennen und man wusste, ob der Aufzug auf dem jeweiligen Stockwerk hielt. Im Augenblick waren die Stahlseile, die den Lift zogen und hielten, deutlich zu sehen. Das bedeutete, dass die Aufzugkabine in einem der anderen Stockwerke hielt. Elvira deutete auf das Fenster. „Der Aufzug ist weg. Vorhin, als ich ihn mit meinem Putzwagen verließ, um hier mit der Arbeit zu beginnen, stand er auf diesem Stockwerk. Als ich nach der Säuberung der Büros den Wagen dort abstellte, damit er mir beim Putzen nicht im Wege steht, wartete der Aufzug noch immer auf diesem Stockwerk. Da er jetzt weg ist, muss ihn währenddessen jemand benutzt haben …“

„… ja, um den Putzwagen zu klauen!“, vollendete Andy Farmer den Satz gereizt. „Das ist doch wirklich sehr unwahrscheinlich!“

Elvira Stark ging der Gute langsam, aber sicher auf die Nerven. Wortlos machte sie einige Schritte nach vorne und drückte auf den Rufknopf des Aufzugs. Unvermittelt war das singende Geräusch des Aufzugmotors zu hören, und durch das Glasfenster war zu sehen, wie sich die Drahtseile im Schacht in Bewegung setzten. Eine halbe Minute später konnte man durch das Sichtfenster in der Aufzugtür erkennen, wie die Personenkabine dahinter auftauchte und zum Stillstand kam.

„Ich müsste mich schon sehr täuschen, wenn der Lift nicht gerade von ganz unten hochgefahren wäre.“

„… und was soll das bedeuten?“, wollte Farmer wissen.

„Ich nehme an, jemand hat sich hier den Putzwagen geschnappt und ist mit ihm hinunter in den Keller gefahren.“ Sie sah die fragende Miene des Bürgermeisters und fuhr etwas ungeduldig fort: „Das heißt, dass wir jetzt sinnvollerweise auch in diesen Aufzug steigen und ebenfalls hinunter in den Keller fahren. Vielleicht habe ich ja recht mit meiner Vermutung. Irgendwo muss mein Putzwagen ja abgeblieben sein.“ Sie fasste den Griff der Aufzugtür an, zog sie auf und trat in die Kabine. Als Andy Farmer nicht gleich nachkam, warf sie ihm einen fragenden Blick zu. Schließlich zuckte er mit den

Schultern und stieg ebenfalls ein. Wortlos drückte Elvira auf den schwarzen Knopf, auf dem sich ein eingeprägtes weißes „K“ befand. Mit singendem Motorengeräusch setzte sich die Kabine des Lifts abwärts in Bewegung. Dem ungeschriebenen Gesetz von Aufzugbenutzern folgend, blickte jeder der beiden Fahrgäste in eine andere Richtung, bis die Kabine langsamer wurde und schließlich mit einem Ruck zum Stillstand kam. Kühle, muffige Kellerluft schlug ihnen entgegen, als sie den dunklen Gang der Katakomben des Rathauses betraten. Dadurch löste sie den Bewegungsmelder der Neonröhren aus, die umgehend für grelles Licht sorgten.

„Also, hier ist weit und breit kein Putzwagen zu sehen“, nörgelte Farmer.

„Ich habe da einen gewissen Verdacht“, erwiderte Elvira Stark und wandte sich zielstrebig in Richtung des linken Ganges.

Dem Bürgermeister, der sich gar nicht erinnern konnte, wann er das letzte Mal hier in diesem Keller gewesen war, fröstelte es dank seiner feuchten Hose etwas. Skeptisch marschierte er Elvira Stark hinterher.

Von diesem Gang gingen zahlreiche Metalltüren ab, deren Hinweisschilder erläuterten, dass sich hier das Aktenarchiv des Rathauses befand. Einige Meter weiter blieb Elvira vor einer Tür mit der Aufschrift „Technikraum“ stehen, zog einen Schlüsselbund aus der Tasche ihrer Kittelschürze und betätigte den Türgriff. Das Schloss klackte leise, als es nachgab. Es war nicht abgeschlossen.

„Komisch“, gab Elvira verwundert von sich und schwang die Tür nach innen auf. „Normalerweise ist dieser Zugang verschlossen“, erläuterte sie. Sie griff nach innen an die rechte Wand und betätigte offenbar einen Lichtschalter, denn sofort wurden auch hier mehrere Neonleuchten aktiv.

„Ja verflixt!“, kam der erstaunte Ausruf von Andy Farmer. Sie standen unvermittelt vor dem vermissten Putzwagen.

„Bingo!“, stellte Elvira Stark fest und sah zu, wie sich ihr Begleiter auf den Wagen stürzte. In einem Metallgestell war ein großer blauer Müllsack eingespannt, die Öffnung wurde durch den Rahmen der Aufhängevorrichtung weit aufgehalten.

Andy Farmer beugte sich über den Sack und blickte hinein. Mit betroffener Miene sah er Elvira an.

„Der Sack ist leer!“

„Kann eigentlich nicht sein, denn als ich den Putzwagen das letzte Mal benutzte, war der Abfallsack gut zur Hälfte mit Altpapier gefüllt. – Moment mal!“ Sie schob sich an Bürgermeister Farmer vorbei und trat an den großen Schredder heran, der dominant mitten im Raum stand. „Da haben wir's! Der Aktenvernichter wurde vor kurzem benutzt. Die Kontrollleuchten sind noch an.“ Elvira warf einen Blick in den großen Auffangbehälter, in den das gehäckselte Papier fiel, um bei ausreichendem Volumen zu großen Ballen gepresst zu werden. Sie winkte Farmer zu sich. „Bei dem Papierabfall, den ich eingesammelt habe, war eine Anzahl blauer Blätter dabei, die offenbar jemand als Konzeptpapier verwendet hatte. – Hier, sehen Sie!“ Mit der Hand fischte sie einige blaue Papierschnipsel aus dem Behälter. „Das stammt wirklich von meinem Putzwagen. Da hat offenbar jemand meine Arbeit erledigt. Falls Ihre Urkunde tatsächlich im Abfalleimer gelandet ist, ist jetzt jedenfalls nichts Leserliches mehr von ihr übrig.“

„Verflixt! Verflixt!“, schimpfte Farmer und schlug sich mit der Faust in die andere Handfläche.

„Warum drucken Sie das Ding nicht einfach noch einmal aus? Sie haben es doch sicher im Computer abgespeichert.“

„Nein, dummerweise nicht“, gab Farmer mit verkniffener

Miene zurück. „Das kann ich leider jetzt nicht erklären." Er wandte sich zur Tür und verließ den Kellerraum. Elvira schob ihren Putzwagen hinaus, löschte das Licht und schloss ab, dann folgte sie Farmer, der bereits den Aufzug erreicht hatte und den Rufknopf betätigte. Sie beschäftigte mehr das Rätsel, wer ihren Putzwagen entführt hatte.

Als sie Farmer erreichte, stutzte sie einen Moment, dann fragte sie: „Stand der Lift nicht mehr hier auf dieser Ebene?"

„Nein, würde ich ihn sonst herbeirufen?" Farmer war sichtlich nervös und gereizt.

Es dauerte einige Zeit, ehe die Kabine vor ihnen zum Stillstand kam. Anscheinend kam sie von ziemlich weit oben, überlegte Elvira. Jemand musste sie benutzt haben, während sie im Technikraum waren. Sie behielt den Gedanken aber für sich. Als der Aufzug im richtigen Stockwerk hielt, öffnete Farmer die Tür und stiefelte wortlos in Richtung seines Büros. Die Fliesen waren mittlerweile so weit getrocknet, dass keine neuerliche Sturzgefahr bestand. Der Bürgermeister trat ein und warf die Tür hörbar hinter sich zu.

„Ich wünsch Ihnen auch einen schönen Abend", brummelte Elvira Stark vor sich hin, machte sich aber nichts weiter daraus. Der sonst immer sehr freundliche Farmer stand im Augenblick offenbar völlig neben sich. Sie schnappte sich den Wischmopp und den Putzeimer und betrat die am anderen Ende des Ganges befindliche Damentoilette des Stockwerks. Dort befanden sich auch ein großer Ausguss und eine Wasserentnahmestelle für das Reinigungspersonal. Nachdem sie das Schmutzwasser ausgeleert hatte, verstaute sie ihre Utensilien im Wagen. Ein Stockwerk tiefer befand sich eine Art Besenkammer, in der sie alle Gerätschaften abstellen konnte. Für heute würde sie auch Schluss machen. Sie öffnete erneut die Tür des Aufzugs, um den Wagen wieder hineinzufahren, da hörte sie aus Richtung des Dienstzimmers von Bürgermeister Farmer ein merkwürdiges Geräusch. Elvira stutzte. Irgendwie klang das wie ein unterdrückter Schrei! Kurz entschlossen ließ sie die Aufzugtür wieder zufallen und eilte in Richtung von Farmers Büro. Vor der Tür blieb sie stehen und lauschte. Es war kein Ton zu hören. Elvira Stark klopfte leise an die Tür, dabei rief sie verhalten: „Hallo, Herr Farmer, ist bei Ihnen alles in Ordnung?" Stille. Erneut klopfte sie, diesmal etwas kräftiger.

„Herr Farmer, alles okay?" Als wieder keine Antwort kam, ergriff sie die Initiative. Sie drückte die Klinke herunter und öffnete langsam die Tür. Der Anblick, der sich ihr bot, verschlug ihr die Sprache. Neben dem Schreibtisch des Bürgermeisters lag verkrümmt und regunglos, den Kopf in einer sich langsam vergrößernden Blutlache, der zweite Mann der Rathausregierung. Für Elvira sah es im ersten Augenblick so aus, als wäre er tot.

„Ach du lieber Gott!", stieß sie gepresst hervor und hielt sich dabei vor Entsetzen die Hände vor den Mund. Auf Höhe des Kopfes lag auf dem Boden die etwa vierzig Zentimeter hohe Figur einer Diana, deren heller eckiger Marmorsockel blutverschmiert war. Eine Hand des Bürgermeisters lag neben der Figur im Blut.

Elvira Stark, die aufgrund ihres harten Jobs im Rathaus, wo Leichen im Keller nicht völlig außer jeder Wahrscheinlichkeit lagen, Kummer wahrlich gewöhnt war, riss sich zusammen. Jetzt war schnelles Handeln gefragt.

„Herr Farmer!", rief sie. „Hallo, Herr Farmer, können Sie mich hören?" Keinerlei Reaktion. Hastig kniete sie neben dem Verletzten nieder und suchte vorsichtig nach seinem Puls an der Halsschlagader. Kein tastbarer Herzschlag! O Gott, dachte sie, der Mann ist tot! Verzweifelt wühlte sie in ihrer Erinnerung. Vor einigen Monaten erst hatte sie zur Auffrischung ihres Wissens einen Erste-Hilfe-Kurs mitgemacht, den der Personalrat des Rathauses anbot. Sie erinnerte sich an die Worte des Lehrgangsleiters, der den Teilnehmern erklärt hatte, der größte Fehler, den man bei einer Erste-Hilfe-Maßnahme machen könne, sei, nichts zu tun. Entschlossen kniete sie an der Seite Farmers nieder, legte die blutige Diana zur Seite und drehte den Verletzten mit Schwung auf den Rücken. Dabei bemühte sie sich, nicht in das blutverschmierte Gesicht des Mannes zu blicken. Wie sie es gelernt hatte, verschränkte sie beide Hände so, dass die Handballen nach unten zeigten. Sie suchte das untere Ende des Brustbeins und begann rhythmisch und mit Kraft das Herz des Bürgermeisters zu massieren. Ihr Ausbilder hatte ihnen erklärt, dass der ideale Taktgeber bei einer Herzdruckmassage der Refrain des Liedes *Staying Alive* von den *Bee Gees* sei. Jetzt gehörte dieser Song nicht gerade zu Elviras Lieblingsmusik, aber sie wusste, es waren ungefähr einhundert Pumpstöße pro Minute erforderlich, um die Wiederbelebungsmaßnahme effizient durchzuführen.

Sie pumpte, bis ihre Kräfte erlahmten. Es war ihr klar, sie musste unbedingt den Rettungsdienst verständigen.

„Verdammt, schlag endlich!“, schrie sie in ihrer Verzweiflung hinaus. Mit letzter Kraft bäumte sie sich auf und ließ ihre verschränkten Fäuste unter Einsatz ihres Körpergewichts wie einen Hammer auf das Sternum des Verletzten heruntersausen. Ermattet sank sie vornüber zusammen und ließ ihren Kopf auf den Brustkorb Farmers herabsinken. Plötzlich durchfuhr es sie wie ein Blitzschlag! Sie hob den Kopf und legte ihre Hand auf seine Brust. Es war eindeutig, der Brustkorb des Bürgermeisters hob und senkte sich leicht. Schnell suchte sie mit ihren Fingern die Halsschlagader. Als sie das schwache Zucken des Herzschlags endlich fühlte, sprang sie hastig auf die Füße, eilte zum Telefon und wählte die Notrufnummer. Sie machte dem Beamten der Einsatzzentrale kurze und präzise Angaben zu ihrer Person und ihrem Aufenthaltsort, dann fuhr sie fort: „So weit ich das feststellen konnte, hat Bürgermeister Farmer eine stark blutende Kopfverletzung, wahrscheinlich von einem Schlag auf den Kopf. Er ist ohnmächtig und nicht ansprechbar. Bitte beeilen Sie sich! Ich werde am Rathauseingang beim Vierröhrenbrunnen auf Sie warten."

Sie legte den Hörer wieder auf, dann wandte sie sich erneut dem Bürgermeister zu. Erleichtert stellte sie fest, dass er noch immer atmete.

„Ich muss Sie jetzt einen Moment alleine lassen, weil ich den Notarzt ins Haus lassen muss", erklärte sie leise, obwohl er sie natürlich nicht hören konnte, dann hastete Elvira Stark eilig aus dem Büro zum Aufzug. Als sie wenig später mit ihrem Generalschlüssel die Rathaustür öffnete, hörte sie schon in der Ferne Sirenengeheul. Für einen Moment hatte sie Zeit, das Erlebte zu reflektieren. Andy Farmer war ja nicht lange alleine gewesen. In der kurzen Zeit, in der sie mit ihrem Putzwagen beschäftigt war, musste der Täter den Bürgermeister niedergeschlagen haben. Es trieb ihr einen kalten Schauer über den Rücken, wenn sie sich vorstellte, dass der Täter noch in der Nähe gewesen sein musste, als sie das Büro betrat. Da ihr niemand begegnet war, musste die Person über die Verbindungstür zum Vorzimmer Andy Farmers gekommen und auch wieder verschwunden sein. Für sie gab es keinen Zweifel: Hier lag eindeutig eine Gewalttat vor. Wer hatte so viel Hass auf den beliebten Kommunalpolitiker, dass er bereit war, eine derartig schlimme Tat zu begehen? Sie zuckte mit den Schultern. Die Aufklärung dieses Falles war Sache der Polizei. Sie war sicher, die Einsatzzentrale hatte nach ihrem Anruf nicht nur den Notarzt, sondern auch die Polizei verständigt. Wie zur

Bestätigung ihrer Überlegungen rollten in diesem Augenblick der BMW des Notarztes, dicht gefolgt von einem Rettungswagen und einem Einsatzfahrzeug der Polizei, auf den Hof.

Innerhalb kürzester Zeit versammelte sich auf der Straße eine größere Menschenmenge, die neugierig die Einsatzfahrzeuge begaffte. Einer der Polizeibeamten eilte zum Hofeingang und hinderte die Menschen daran, weiter vorzudringen. Dabei bemerkte er nicht den jungen Mann, der sich, aus der Karmelitenstraße kommend, unter die Gaffer mischte. Seine rechte Hand steckte in der Hosentasche, so dass niemand das Blut sehen konnte, das er nicht mehr hatte beseitigen können. Nachdem die Einsatzkräfte im Haus verschwunden waren und nichts Sensationelles zu sehen war, löste sich die Menge wieder auf. Auch der Mann mit der blutigen Hand verschwand.

Der Streifenführer folgte dem Notarzt und den Rettungsassistenten, die mit ihrer Ausrüstung hinter Elvira her zum Aufzug eilten. Da nicht alle in den Aufzug passten, fragte er Elvira nach dem Stockwerk und wandte sich der Treppe zu.

Im Dienstzimmer des Bürgermeisters angekommen, stellte Elvira erleichtert fest, dass Andy Farmer noch atmete. Während die Rettungskräfte sich um Farmer bemühten, ließ sich der Polizeibeamte von Elvira kurz den Ablauf der Ereignisse schildern. Einige Minuten später wurde Andy Farmer auf die Transportliege geschnallt und abtransportiert. Bevor er das Dienstzimmer verlassen konnte, hielt der Polizeibeamte den Notarzt kurz auf.

„Wie sieht es aus? Wird er durchkommen?“

„Das kann ich im Augenblick nicht sagen. Wenn ihn diese Frau dort nicht reanimiert hätte, wäre er wohl tot. Für den Moment haben wir ihn aber stabilisiert. Wir müssen sehen, wie es mit seinen Kopfverletzungen aussieht.“

„Es liegt also definitiv ein Drittverschulden vor?“

„So wie es aussieht, wurde ihm mit dieser Marmorfigur dort heftig auf den Kopf geschlagen." Er deutete auf die noch immer am Boden liegende Diana.

„Also liegt eine Straftat vor", stellte der Beamte halblaut mehr für sich selbst fest. Der Notarzt nickte nur und beeilte sich, der Transportliege zu folgen.

Der Polizist griff ohne Zögern zum Funkgerät und verständigte die Mordkommission.

Elvira Stark war während der Rettungsaktion durch die Verbindungstür in das Büro von Farmers Sekretärin gegangen und hatte dort nach der Telefonliste gesucht. Sie fand sie im Schreibtisch. Auf dieser Liste, die nur einem bestimmten Personenkreis zugänglich war, standen auch die privaten Telefonnummern der drei Würzburger Bürgermeister verzeichnet. Für Elvira stand außer Frage, es war jetzt ihre Aufgabe, den Oberbürgermeister von den Ereignissen im Rathaus zu unterrichten. Nach dem dritten Läuten nahm Oberbürgermeister Merlin Schluckhardt ab. Als Elvira ihren Namen nannte, war dem Rathauschef, der die Reinemachefrau seines Büros natürlich kannte, sofort klar, dass etwas vorgefallen sein musste. Nachdem ihn Elvira Stark mit wenigen Sätzen informiert hatte, erklärte er, sich sofort auf den Weg zu machen.

Sie hatte gerade aufgelegt, als der Polizeibeamte in der Tür stand und sie fragend ansah. Sie erklärte ihm, was sie soeben getan hatte, dann sagte sie: „Ich glaube, für mich gibt es hier nichts mehr zu tun. Wenn ich Ihnen meine Adresse und meine Telefonnummer gebe, kann ich jetzt doch bestimmt gehen?"

„Frau Stark", erklärte der Beamte mit ernster Miene, „es tut mir leid, aber ich kann Sie nicht gehen lassen. Sie waren offenbar die einzige Person, die mit dem Bürgermeister hier alleine war. Sie sind mit Sicherheit eine wichtige Zeugin." Er zögerte kurz, „… möglicherweise noch mehr …"

Elvira schaltete sofort und ihre Stimme stieg um eine Oktave.

„Wollen Sie damit andeuten, ich hätte …?"

Der Polizist hob die Hände. „Ich will gar nichts andeuten. Für mich zählen nur Fakten. Und die sagen mir, dass Sie theoretisch den Angriff auf den Bürgermeister gesehen haben beziehungsweise selbst ausgeführt haben können. Deshalb muss ich Sie bitten, hierzubleiben, bis die Kollegen von der Mordkommission die Angelegenheit in die Hand nehmen. Sie müssen jeden Moment hier eintreffen."

Elvira Stark war zutiefst betroffen. Sie hatte Andy Farmer doch das Leben gerettet! Wie kam der Polizist dazu, sie zu verdächtigen? Die Gedanken rasten durch ihren Kopf. Ein eisiger Schrecken fuhr durch ihre Glieder, als ihr einfiel, dass sie vor ihrer Rettungsaktion die Marmorstatue kurz angefasst hatte. Geschockt ließ sie sich im Nebenzimmer auf den Bürostuhl der Sekretärin fallen.

Erster Kriminalhauptkommissar Sebastian Krämer betrat, heraufgeführt von dem Streifenpolizisten, der unten am Eingang gewartet hatte, den Tatort mit dem gespreizten Gehabe eines Sheriffs, der einen Saloon betrat, um dort einen gefährlichen Kontrahenten zu stellen. Hinter ihm stand Florian Deichler, sein Stellvertreter, der wiederum die Kollegen von der Spurensicherung hinter sich wusste.

„Was ist hier vorgefallen?", fragte Krämer scharf. „Wo ist die Leiche? Kann mir vielleicht mal irgendjemand eine vernünftige Auskunft geben?"

Der Polizeibeamte, der am Tatort geblieben war, informierte Krämer über die Ereignisse. Als er erklärte, Farmer sei bereits abtransportiert, herrschte Krämer ihn an: „Wollen Sie etwa damit andeuten, dass man das Opfer bereits weggeschafft hat, ohne dass die Spurensicherung …? Was ist denn das für eine bodenlose Sauerei!?“

„Herr Krämer … Herr Krämer, bitte …“, versuchte der Beamte Klärung herbeizuführen.

„Stottern Sie hier nicht herum! Haben Sie nicht gelernt, Ihrem Vorgesetzten ordentlich Bericht zu erstatten? Im Übrigen, für Sie immer noch Herr Kriminalhauptkommissar! Also, was sollen wir hier ohne Leiche?“

„Das ist ja das, was Ihnen der Beamte die ganze Zeit erklären möchte“, mischte sich Florian Deichler ein, der sich mittlerweile schon bei dem anderen Polizisten umfänglich informiert hatte. „Glücklicherweise haben wir keinen Toten, aber einen Schwerverletzten aufgrund äußerer Gewalteinwirkung durch eine dritte Person. Es kommt ein Mordversuch in Frage, so dass wir auf jeden Fall zuständig sind. Bürgermeister Farmer konnte, nachdem ihn Frau Stark, die hier als Reinemachefrau arbeitet, wiederbelebt hatte, gerade noch rechtzeitig ärztlich versorgt und ins Krankenhaus transportiert werden. Über seinen derzeitigen Zustand ist allerdings im Augenblick nichts bekannt.“

Krämer fuhr ruckartig herum und ließ seinen Blick suchend durch den Raum schweifen. „Deichler, haben Sie gerade Frau Stark gesagt? Sie meinen doch nicht etwa diese Elvira Stark?“

„Ja, genau die. Ich weiß allerdings nicht, wo sie sich im Augenblick befindet.“

Der abgekanzelte Polizeibeamte wies mit dem Daumen zur Tür ins Nachbarzimmer. „Ich glaube, sie ist nebenan.“

Elvira, die ihren Namen gehört hatte, erschien im Türrahmen. „Sie wollen mich sprechen?“

Krämer musterte sie mit zusammengekniffenen Augen. „Was hatten Sie im Zimmer des Bürgermeisters zu suchen?“

„Ich habe draußen den Flur geputzt, da hat mich Herr Farmer zu sich gerufen. Er suchte nach einer Urkunde und dachte, ich hätte sie vielleicht beim Saubermachen weggeworfen.“ In knappen Sätzen erzählte sie Krämer den Ablauf der Geschehnisse bis zu dem Moment, als sie aus dem Zimmer des Bürgermeisters einen merkwürdigen Laut hörte. „Deswegen bin ich reingegangen und habe nachgeschaut. Da sah ich Bürgermeister Farmer in seinem Blut liegen. Ich kontrollierte seinen Puls, konnte aber keinen Herzschlag fühlen. Daraufhin habe ich sofort mit der Herzmassage begonnen. Als nach einiger Zeit das Herz Gott sei Dank wieder schlug, verständigte ich umgehend die Notrufzentrale.“

„Haben Sie hier im Raum irgendetwas angefasst?“, mischte sich einer der Spurensicherer ins Gespräch. „Ich meine, außer dem Verletzten.“

Krämer blies verärgert über diese Unterbrechung seine Wangen auf, sagte aber nichts.

Elvira dachte eine Sekunde nach, dann erklärte sie: „Ich glaube, ich habe diese Statue, diese Diana, etwas zur Seite gelegt, als ich Herrn Farmer auf den Rücken gedreht habe.“

Krämer nahm seinen Gesprächsfaden wieder auf. „Sie wollen uns also erzählen, dass während der kurzen Zeit, in der Sie sich um Ihren Putzkram kümmerten, jemand Herrn Farmer niedergeschlagen hat?“

Elvira Stark zuckte mit den Schultern. „Er wird sich ja wohl kaum selbst verletzt haben.“

„Jetzt werden Sie hier mal nicht pampig! Haben Sie jemanden rauslaufen sehen? Sie müssen die Tür doch ständig im Auge gehabt haben.“

Elvira verneinte. „Ich vermute, dass der Täter hier im Zimmer auf den Bürgermeister gewartet hat, oder er lauerte nebenan im Büro der Sekretärin.“

Sie deutete auf die Tür, aus der sie soeben gekommen war.

Wortlos ging Krämer an ihr vorbei, blieb im Türrahmen stehen und musterte das Nebenzimmer. Schließlich drehte er sich um und winkte einen der Beamten der Spurensicherung zu sich. „Sie haben Handschuhe an, überprüfen Sie doch mal, ob diese Tür dort, die vermutlich auf den Gang hinausführt, abgeschlossen ist."

Der Spurensicherer, der einen weißen Overall, Gummihandschuhe und Überzieher über den Schuhen trug, betätigte die Klinke. Die Tür war abgeschlossen. Krämer drehte sich langsam zu Elvira Stark um und meinte sarkastisch: „Dann muss der große Unbekannte wohl ein Geist gewesen sein, der durch verschlossene Türen gehen kann. Oder was meinen Sie?"

„... oder er hatte einen Schlüssel."

„Oder es gibt ihn gar nicht", stellte Krämer fest. „Leider kann uns das Opfer den wahren Ablauf nicht schildern. Aber was halten Sie von folgender Version: Sie gerieten unten im Keller mit Herrn Farmer in Streit, da er Ihnen wegen dieser fehlenden Urkunde Vorhaltungen machte. Dieser Streit setzte sich bis hierher in dieses Arbeitszimmer fort und eskalierte schließlich derart, dass Sie ihm diese Figur auf den Kopf schlugen. Als Sie dann sahen, was sie angerichtet hatten, reanimierten Sie den armen Mann und wollen uns nun die Geschichte von dem großen Unbekannten auftischen." Er sah Elvira Stark durchdringend an. „Ein Tathergang, der durchaus denkbar ist."

Da er Elvira Stark nicht aus den Augen ließ, konnte er nicht sehen, dass Florian Deichler kopfschüttelnd die Augen zur Zimmerdecke drehte. Laut sagte er: „Ich kann mir wirklich nicht vorstellen, dass Frau Stark ..."

Krämer schnitt ihm mit einer Handbewegung das Wort ab.

„Deichler, Sie sollten sich bei Ermittlungen jeglicher Art nicht von persönlichen Gefühlen leiten lassen. Es ist mir bekannt, dass Sie zu Frau Stark und insbesondere zu ihrem Freund, meinem … geschätzten … Herrn Amtsvorgänger, private Verbindungen pflegen. Aus diesem Grund werde ich Frau Stark persönlich vernehmen und Sie ermitteln im Umfeld. Wenn Sie damit Schwierigkeiten haben, muss ich Ihnen den Fall abnehmen!"

Er gab einem der Streifenpolizisten einen Wink. „Frau Stark wird uns aufs Kommissariat begleiten. Ich werde sie heute noch detailliert vernehmen. – Vorläufig nur als Zeugin", ergänzte er, wobei er „vorläufig" besonders betonte.

Florian Deichler machte Elvira hinter Krämers Rücken eine besänftigende Geste, dann führte der Polizeibeamte die völlig geschockte Frau hinaus.

„Zur Presse vorläufig kein Wort!", befahl Krämer, bevor er den Tatort verließ. „Wenn einer mit den Pressefritzen spricht, dann bin ich das!" Er eilte hinaus.

Deichler rümpfte die Nase. Typisch Krämer. Selbstverständlich wollte er sich einen öffentlichkeitswirksamen Auftritt vor der Presse nicht entgehen lassen.

Draußen traf Krämer auf einen völlig geschockten Oberbürgermeister, der im Jogginganzug im Treppenhaus stand und verständnislos Elvira Stark ansah, die begleitet von dem Polizeibeamten an ihm vorbeigeführt wurde.

„Was … was geht hier vor?", fragte er tief betroffen.

„Grüß Gott, Herr Oberbürgermeister", sagte Krämer mit übertriebener Freundlichkeit. Mit wenigen Worten klärte er das Stadtoberhaupt über den Vorfall auf.

„Sie sehen, wir haben alles im Griff! Glauben Sie mir, es wird nicht lange dauern, bis ich von der wahrscheinlichen Täterin ein unterschriebenes Geständnis habe. Sie entschuldigen mich jetzt bitte, ich habe zu tun." Er gab dem Oberbürgermeister die Hand, dann marschierte er weiter. Der Kommunalpolitiker griff zum Handy und orderte den Ordnungsreferenten ins Rathaus. Der Vorfall bedurfte der eingehenden Beratung.

Erich Rottmann hatte sich ja noch nie mit besonderen diplomatischen Fähigkeiten hervorgetan. Deshalb war es auch nicht weiter verwunderlich, dass er mit der Sensibilität einer Dampfwalze, selbstverständlich ohne anzuklopfen, ziemlich außer Atem in das Dienstzimmer von Florian Deichler stürmte. Öchsle, der hinter ihm herhechelte, hatte Mühe, der zuschlagenden Tür zu entgehen.

„Wo ist sie!?", brüllte der ehemalige Leiter der Mordkommission im vollen Brustton in den Raum.

Deichler, der gerade über einem Bericht saß, in dem er die Vorgänge der vergangenen Stunden im Rathaus schilderte, fuhr erschrocken in die Höhe.

„Mensch, Erich, hast du mich vielleicht erschreckt!"

„Das ist mir wurscht! Elvira hat mich angerufen und mir gesagt, dass ihr sie verhaftet habt. Angeblich soll sie Bürgermeister Farmer niedergeschlagen haben. Was ist denn das für ein hanebüchener Quatsch? – Also, wo ist sie?"

Florian Deichler wies mit der Hand hinter sich auf die Verbindungstür, die in das Büro seines Chefs führte.

„Sie sitzt gerade bei Krämer und macht ihre Aussage – und sie ist natürlich nicht verhaftet. Krämer vernimmt sie lediglich als Zeugin."

„So, er vernimmt sie als Zeugin! Ich kann mir sehr gut vorstellen, wie dieser Armleuchter diese Vernehmung führt. Das ist für ihn doch so eine tierische Genugtuung, wenn er meine … na ja, wie soll ich sagen … gute Bekannte in die Mangel nehmen kann.“ Bei der Einordnung von Elvira in ein Beziehungsgeflecht war er etwas ins Stottern geraten. Er atmete mehrmals tief durch und bemühte sich um Fassung. „Bevor ich da jetzt reingehe und den Kerl auseinandernehme: Kannst du mir in wenigen Sätzen sagen, was eigentlich vorgefallen ist? Elvira war am Telefon ja völlig aufgelöst.“

Deichler sah seinen ehemaligen Chef mit verkniffener Miene an. „Erich, du weißt das doch, über laufende Ermittlungen darf ich nichts sagen ... Wenn Krämer mitkriegt, dass ich dir gegenüber geredet habe, flippt er aus.“

Rottmann sah seine ehemaligen Mitarbeiter mit schräggelegtem Kopf an. „Seit wann ziehst du vor dem Kerl den Schwanz ein? Der kann dir doch nicht das Wasser reichen!“

Deichler wollte gerade zu einer Entgegnung ansetzen, als heftig an seine Bürotür geklopft wurde. Ehe er etwas sagen konnte, flog sie auf und ein ziemlich abgehetzter Polizeidirektor Pytschykovwsky trat ein. Sofort erkannte er Erich Rottmann. Verwundert riss er die Augen auf.

„Sie hier?“, fragte er überrascht. „Was haben Sie denn hier zu schaffen?“

„Die gleiche Frage brennt mir auch auf den Lippen“, erwiderte Rottmann bissig.

Während sich Florian Deichler erhob, ließ er einen etwas verständnislosen Blick zwischen den beiden hin- und herhuschen, dann trat er dem unbekannten Besucher entgegen. „Darf ich fragen, wer Sie sind und wie Sie dazu kommen, hier so ... einzudringen?“

Pytschykovwsky hob entschuldigend die Hand. „Tut mir leid, Sie haben natürlich recht.“ Er griff schnell in sein Jackett und holte das Etui mit seinem Dienstausweis heraus. „Polizeidirektor Pytschykovwsky vom LKA“, erläuterte er knapp. „Ich muss dringend den Leiter des Morddezernats sprechen!“

Deichler studierte einen Moment konzentriert den Ausweis, dann erklärte er deutlich freundlicher: „Kriminalhauptkommissar Krämer ist gerade in einer Vernehmung …"

Pytschykovwsky steckte das Etui wieder weg, dabei erklärte er bestimmt. „Dann gehen Sie bitte in das Vernehmungszimmer und unterbrechen Sie das Verhör. Ich muss ihn auf der Stelle sprechen!"

„Es handelt sich lediglich um eine Zeugenbefragung. Er führt sie in seinem Dienstzimmer durch." Florian Deichler wies mit der Hand auf die Verbindungstür an der Schmalseite seines Büros.

„Umso besser, dann stören Sie ihn und melden Sie mich an!" Seine Ansage duldete keinen Widerspruch.

Deichler nickte knapp, dann wandte er sich ab und klopfte an die besagte Tür. Da keine Antwort erfolgte, klopfte er nach ein paar Sekunden erneut, diesmal etwas nachdrücklicher.

„Was ist denn?", tönte es unwillig aus dem Zimmer, dann wurde mit einem Ruck die Tür aufgerissen und Krämer stand mit wütendem Gesichtsausdruck im Rahmen. Sein zorniger Blick durchbohrte die beiden Besucher im Büro seines Stellvertreters. Beim Anblick von Rottmann und Öchsle verzog sich sein Gesicht zu einem bösen Grinsen.

„Ah, der Herr Exkollege. Selbstverständlich mit Köter. Was führt Sie denn zu uns?" Sein sarkastischer Unterton war unüberhörbar. Pytschykovwsky beachtete er nicht. Ein Zustand, den dieser aber sehr schnell beendete. Ehe Rottmann reagieren konnte, schob er sich nach vorn.

„Sie sind Erster Kriminalhauptkommissar Krämer?" Sein Tonfall lenkte Krämer schlagartig von Rottmann ab.

„Wer will das wissen?", entgegnete er in schroffem Tonfall. Er nahm den zweiten Besucher jetzt zum ersten Mal bewusst wahr und musterte ihn von Kopf bis Fuß.

Erneut zog Pytschykovwsky seinen Ausweis heraus. „Herr Krämer, bitte unterbrechen Sie Ihre Vernehmung, ich muss Sie sofort sprechen!“ Diese Ansage war keine Bitte, das war ein klarer Befehl.

Krämer, der im ersten Moment aus der Haut fahren wollte, vollführte nach dem Studium des Ausweises eine erstaunliche Kehrtwendung um einhundertachtzig Grad.

„Aber selbstverständlich, Herr Polizeidirektor, wie Sie wollen. Kommen Sie doch bitte herein.“ Er trat zur Seite und machte Pytschykovwsky mit einer angedeuteten Verneigung Platz. Der nickte knapp und betrat an Krämer vorbei dessen Dienstzimmer. Für Rottmann hatte Krämer keinen Blick mehr. Einen Moment später kam Elvira Stark mit verweintem Gesicht durch die Tür, die sich hinter ihr schloss.

„Ach, Erich, schön, dass du da bist!“ Es war ein regelrechter Aufschrei. Sie machte einige Schritte auf Rottmann zu und warf sich ihm an die Brust. Erich Rottmann zögerte einen Moment, dann legte er seine Arme um sie und tätschelte beruhigend ihren Rücken.

„Ist ja gut“, brummelte er etwas verlegen. „Das kriegen wir schon.“ Wobei er noch keine Ahnung hatte, was eigentlich vorgefallen war. Es setzte Elvira auf einen Besucherstuhl und sah Florian Deichler fragend an. „Also, was ist hier los? Was hat das alles mit Bürgermeister Farmer zu tun?“

Deichler, den sonst nicht viel aus der Ruhe bringen konnte, war durch das Auftreten des Polizeidirektors aus dem Landeskriminalamt doch etwas nervös. Nachdenklich starrte er auf die geschlossene Tür zum Chefzimmer, dabei zog er seine Unterlippe durch die Zähne.

„Bekommt man hier vielleicht mal eine Antwort?“ Rottmanns fordernder Ton riss Deichler aus seinen Gedanken.

„Erich, du weißt doch, dass ich dir keine …“

„… keine Auskünfte erteilen darf … bla bla bla. Diese Litanei kenne ich zur Genüge! Du wirst dir doch jetzt wegen dieses Superbullen vom LKA nicht in die Hosen machen." Rottmann schnappte sich energisch einen Stuhl und ließ sich neben Elvira nieder. „Wenn Krämer meine … ich will sagen, Frau Stark hier, zur Vernehmung hierherverschleppt, wird das ja wohl einen Grund haben, den ich, gewissermaßen als Interessenvertreter von Frau Stark, erfahren will!"

Elvira Stark, die sich dank Rottmanns Anwesenheit wieder etwas gefangen hatte, unterstrich seinen letzten Satz mit einem nachdrücklichen Nicken. „Dieser Krämer hat zwar gesagt, dass er mich jetzt erst mal als Zeugin vernehmen will, gleichzeitig hat er aber auch geäußert, ich käme als Täterin in Frage. Das musst du dir einmal vorstellen! Ich soll Andy Farmer auf den Kopf geschlagen haben. Dabei habe ich ihn reanimiert und den Notarzt gerufen!" Ihr blieb fast die Sprache weg. Für Rottmann ein Indiz für die Belastung, unter der sie gerade stand. „Dann hat mich dieser Mensch dort drinnen", sie deutete auf Krämers Tür, „wie eine Schwerverbrecherin gleich von der Arbeit weg hierher in sein Büro schaffen lassen. Ich hatte nicht einmal Zeit, mich umzuziehen. Das ist doch reine Polizeiwillkür! Das macht mich richtig fertig!"

Jetzt erst fiel Rottmann auf, dass sie tatsächlich noch ihre Arbeitsschürze trug. Elvira zog ein Taschentuch aus ihrer Kitteltasche und schnäuzte sich geräuschvoll. Dann fuhr sie fort:

„Es begann damit, dass ich vor Bürgermeister Farmers Büro den Flur wischte und er mich ansprach, weil er auf seinem Schreibtisch eine Urkunde vermisste …" Ihr Bericht endete mit ihrem Abtransport zur Mordkommission.

„Sie haben mir sogar die Fingerabdrücke abgenommen, wie einer Verbrecherin!"

Deichler hob die Hand. „Langsam. Das war erforderlich,

weil sie gesagt hat, sie hätte die Tatwaffe angefasst. Wir benötigten ihre Fingerabdrücke, um sie von eventuellen anderen Abdrücken auf der Figur unterscheiden zu können. Das ist ein völlig normales Vorgehen, das weißt du doch. Wirklich kein Grund, sich aufzuregen."

„Das ist doch typisch Krämer! Obwohl er bei vernünftiger Betrachtungsweise keine Anhaltspunkte für ein strafbares Verhalten von Elvira hat, macht er sie fertig!" Erich Rottmann regte sich schon wieder auf.

„Erich, beruhige dich wieder", warf Deichler ein. „Sie sollte wirklich nur als Zeugin vernommen werden. Und das war durchaus berechtigt. Schließlich ist sie tatsächlich die Einzige, die das Geschehen fast vollständig mitbekommen hat. Krämer treibt halt mal gerne Spielchen."

„Stimmt doch gar nicht! Als Herr Farmer niedergeschlagen wurde, war ich auf dem Flur. Ich habe von dem Angriff nichts mitbekommen. Ihr könnt euch gar nicht vorstellen, wie geschockt ich war, als ich den Bürgermeister halbtot auf dem Boden liegend gefunden habe."

Sie wurde unterbrochen, da die Tür zum Chefbüro aufging und der Polizeidirektor mit Krämer im Schlepptau herauskam. Es war deutlich zu sehen, dass sich Krämer massiv geärgert hatte. Seine finstere Miene sprach Bände. Pytschykovwsky trat einen Schritt vor, dann erklärte er: „Frau Stark, Kollege Krämer und ich sind zu dem Ergebnis gekommen, dass es keinen Grund gibt, Sie noch länger in Anspruch zu nehmen. Sie haben Ihre Zeugenaussage ja gemacht, damit ist die Sache für Sie erst mal erledigt. Sie können gehen. Vielen Dank.

Ach ja, noch eine Kleinigkeit. Über das Geschehen im Rathaus bitte ich gegenüber jedermann, insbesondere gegenüber der Presse, absolutes Stillschweigen zu wahren. Das gilt für alle, die mit dem Fall zu tun haben."

Krämers Miene war anzusehen, was er darüber dachte. Deichler musste sich zusammenreißen, dass er nicht zufrieden nickte.

Elvira warf Rottmann einen fragenden Blick zu, der bestätigend nickte. Daraufhin erhob sie sich und verließ fast fluchtartig das Büro. Krämer sah ihr grimmig hinterher, sagte aber nichts.

Dann wandte sich der LKA-Beamte an Erich Rottmann. „Herr Rottmann, kommen Sie doch bitte mit herein. Wir haben noch ein paar Punkte zu besprechen. Herr Krämer ist so freundlich und überlässt mir solange sein Büro."

Der Angesprochene verzog das Gesicht, als hätte er in eine Zitrone gebissen, nickte aber geflissentlich. Als die beiden Männer mit Öchsle im Anhang das Büro betraten, ballte Krämer seine Hand in der Hosentasche. Die Tatsache, dass sein ungeliebter Amtsvorgänger mit der größten Selbstverständlichkeit seinen stinkenden Köter mit in sein Büro nahm, trieb ihm die Zornesadern auf die Stirn. Mühsam riss er sich zusammen, zumal dieser Pytschykovwsky ihm nicht gesagt hatte, was er mit Rottmann in seinem Büro besprechen wollte. Eine bodenlose Unverschämtheit! Er wandte sich zum Ausgang. „Sie finden mich in der Kantine", erklärte er Deichler knapp und stürmte wutentbrannt hinaus. Die Tür flog lautstark hinter ihm ins Schloss.

„Wumm", brummelte Deichler, „die ist zu." Gar zu gerne wäre er jetzt im Nebenzimmer ein Mäuschen gewesen. Er konnte sich beim besten Willen nicht vorstellen, was der Mann vom Landeskriminalamt Geheimnisvolles mit Erich Rottmann zu besprechen hatte. Der Kriminalbeamte zuckte mit den Schultern. Sicher würde ihn Rottmann später informieren, dann griff er zum Telefon. Vom Notarzt wusste er von der Einlieferung des Bürgermeisters in die Missionsärztliche

Klinik. Deichler ging davon aus, dass Andy Farmers Ärzte zwischenzeitlich mit der Erstversorgung fertig waren und eine Diagnose stellen konnten. Er musste sich mehrmals verbinden lassen, bis er mit dem Chefarzt, dem die Intensivstation unterstand, verbunden war. Deichler erläuterte kurz den Grund seines Anrufs.

„Herr Farmer musste notoperiert werden, da der Schlag eine, allerdings leichte, Gehirnblutung zur Folge hatte. Jetzt ist er außer Lebensgefahr", erklärte der Arzt, „muss aber weiterhin intensivmedizinisch versorgt werden. Wir haben ihn, um sein Gehirn zu entlasten, in ein künstliches Koma versetzt, das wir im erforderlichen Umfang aufrechterhalten werden."

„Können Sie mir ungefähr sagen, wann wir Herrn Farmer vernehmen können? Seine Aussage ist für die Ermittlungen von ausschlaggebender Bedeutung. Wahrscheinlich hat er den Täter gesehen und kann ihn womöglich identifizieren."

„Wie gesagt, hierzu kann ich seriöserweise keine Prognose abgeben. Wir werden Sie verständigen, wenn der Patient wieder vernehmungsfähig ist. Mehr ist nicht drin, tut mir leid."

Florian Deichler bedankte sich und legte auf. Danach machte er über das Gespräch eine Aktennotiz. Solange Farmer nicht befragt werden konnte, steckten die Ermittlungen in einer Sackgasse und Krämer würde Elvira Stark weiterhin im Fokus behalten. Für ihn, Deichler, stand ihre Unschuld allerdings außer Frage.

Maindorf, Montag, den 31. Oktober

Die Krisenbesprechung fand in etwas anderer Besetzung wieder in jenem Weinbergshäuschen statt. Herr Chang war diesmal nicht dabei, da eine Anreise aus China dann doch in keinem Verhältnis zu dem bestehenden Problem gestanden hätte. Als sein Vertreter war Herr Gang Wang gekommen, der in Frankfurt ein Im- und Exportunternehmen betrieb und von Chang bevollmächtigt worden war, in seinem Sinne zu handeln. Herr Wang sprach ganz ausgezeichnet deutsch, somit war ein Dolmetscher überflüssig. Gang Wang nächtigte im *Hotel Amberger* in Würzburg und hätte die Besprechung viel lieber in der Bar des Hotels abgehalten. Dagegen erhob der Präsident aber massiven Einspruch, da er, wie er sagte, in Würzburg bekannt sei wie ein bunter Hund und kein Interesse daran habe, zusammen mit den anderen Geschäftspartnern gesehen zu werden. Zumal jetzt ein Ereignis eingetreten war, das niemals hätte geschehen dürfen.

Max Runkelbauer saß mit finsterer Miene auf seinem Stuhl und musterte die Beteiligten. Er war sichtlich nervös. Diesmal stand auch kein Wein auf dem Tisch, denn keiner der Anwesenden konnte in dieser schwierigen Situation an Genuss denken.

„Herr Wang, können Sie uns bitte sagen, wie es zu dieser Gewaltanwendung kommen konnte? Wir hatten uns doch ausdrücklich darauf geeinigt, unser Ziel mit Fingerspitzengefühl und subtiler Vorgehensweise zu erreichen. Von Holzhammermethoden war niemals die Rede gewesen. Können Sie sich vorstellen, was es für meine Reputation bedeutet, wenn meine Verbindung mit diesem Gewaltakt an die Öffentlichkeit dringt? Ich kann mir nicht vorstellen, dass dies im Sinne von Herrn Chang ist!"

Wang verneigte sich leicht in Richtung des Präsidenten. „Seien Sie versichert, die … Erkrankung von Herrn Farmer ist absolut nicht in unserem Interesse. Ich habe erst heute davon erfahren und bin sofort angereist. Glauben Sie mir, wir bedauern dies ganz außerordentlich. Sie können sich darauf verlassen, ich werde alles tun, um die Sache aufzuklären und dafür zu sorgen, dass dieser Vorfall unsere Geschäftsinteressen nicht beeinträchtigt."

„Bitte richten Sie Herrn Chang aus, sollte so etwas Ähnliches noch einmal passieren, müssten wir unsere Beziehungen abbrechen." Man konnte dem Präsidenten anmerken, dass er dies absolut ernst meinte. Herr Wang verneigte sich erneut, diesmal tiefer. Diese Langnasen waren manchmal schon sehr empfindlich, dachte er. Er würde sich hüten, Herrn Chang von diesem Missgeschick zu berichten. Misserfolg war für Chang keine Option.

Würzburg, Montag, den 31. Oktober

Kaum hatte der kleine, zierliche Mann die Tür seines Büros durchschritten, stach ihm das hektische Blinken seines Anrufbeantworters ins Auge. Er ahnte, wer versucht hatte, ihn zu erreichen. Eigentlich hatte er schon früher damit gerechnet. Er schloss die Tür hinter sich, weil er nicht wollte, dass seine beiden Mitarbeiter im Büro nebenan mithören konnten. Mit Schwung ließ er sich in seinen Bürosessel fallen. Eine Tasse mit einem kalten Rest Kaffee schob er zur Seite, dann aktivierte er die Abhörfunktion des ABs. Die Stimme klang ruhig und gelassen wie immer, aber die kategorische Aufforderung des männlichen Anrufers, sich umgehend bei ihm zu melden, ließ das Gegenteil erahnen. Er sammelte sich kurz, dann griff er zum Telefonhörer und wählte die ihm bekannte Nummer. Das erste Läuten war noch nicht verklungen, als der Teilnehmer abnahm. Ehe er noch einen Ton sagen konnte, drang ein wahrer Wortschwall auf Chinesisch an sein Ohr. Sein Gesprächspartner hatte offensichtlich Mühe, seine Fassung zu wahren.

Nachdem dem anderen langsam die Luft ausging, entgegnete er: „Herr Wang, Sie wissen, ich kann Ihre Landessprache leider nur bruchstückhaft sprechen. Ich bin Deutscher, hier geboren und mein deutscher Vater hat darauf bestanden, dass ich Deutsch spreche."

„Ja, ja, ist schon gut", ging es auf Deutsch weiter. „Ihre Biografie interessiert mich nicht. Erklären Sie mir lieber mal, welcher Teufel Sie geritten hat, diesen Bürgermeister niederzuschlagen? Sind Sie von allen guten Geistern verlassen, bei diesem Auftrag Gewalt anzuwenden? Das sollte alles ganz diskret und subtil über die Bühne gehen und jetzt das! Die Pressehaie werden sich auf die Sache stürzen und jeden Stein umdrehen, um an eine Story zu kommen. Ist Ihnen das klar?“ Ohne ihm die Chance für eine Antwort zu geben, fuhr er fort: „Haben Sie Spuren hinterlassen?“

„Bleiben Sie doch gelassen! Farmer hat mich zwar gesehen, aber ich bin mir sicher, er kann mein Gesicht nicht beschreiben. Für diese Langnasen sehen wir Asiaten doch alle gleich aus. Fingerabdrücke wird es nicht geben. Selbstverständlich hatte ich Handschuhe übergestreift. Das alles wäre nicht geschehen, wenn Farmer nicht plötzlich so aggressiv reagiert hätte und auf mich losgegangen wäre.

Ich bin ins Rathaus hineingegangen, weil ich Erkundigungen eingezogen hatte und Farmer in einer Dienstbesprechung wusste. Dank eines Nachschlüssels konnte ich sein Büro auch unproblematisch betreten. Es war ganz einfach, die gesuchte Urkunde lag mitten auf seinem Schreibtisch. Während ich sie noch las, wurde die Bürotür aufgeschlossen. Ich habe dann das Dokument in einer Blitzreaktion in den Papierkorb geworfen, weil ich dachte, es sei Farmer. Gerade noch rechtzeitig konnte ich mich im Nebenzimmer verstecken. Es war aber nur die Putzfrau, wie ich durch den Türspalt feststellen konnte. Sie hat saubergemacht und den Inhalt des Papierkorbs in ihren Putzwagen geleert. Natürlich mit der Urkunde! Nachdem sie fertig war, rollte sie wieder mit dem Gefährt hinaus und schloss von außen ab. Ich verließ daraufhin das Zimmer und versteckte mich in einer Nische des Flurs. Dadurch konnte ich beobachten, wie die Putzfrau den Wagen in der Nähe des Aufzugs abstellte. Gleich darauf begann sie damit, den Flur zu putzen. Deshalb konnte ich mein Versteck nicht verlassen. Es dauerte nicht lange, dann kam Bürgermeister Farmer aus einem Quergang und näherte sich seinem Büro. Offenbar bemerkte er die Aktivitäten der Putzfrau vor seinem Dienstzimmer und betrat es ebenfalls über das Nebenzimmer, das Büro seiner Sekretärin. Ich überlegte noch, wie ich die Urkunde wieder in meinen Besitz bringen konnte, als Farmer die Putzfrau zu sich in sein Zimmer rief. Ich konnte hören, wie er sie aufforderte, ihm beim Suchen eines Dokuments zu helfen. Nun war meine Chance gekommen. Ich verließ mein Versteck, schnappte mir den Putzwagen, schob ihn in den bereitstehenden Aufzug und fuhr hinunter in den Keller. Auf dem Weg hinunter griff ich mir das Dokument. Wie ich feststellen musste, war auf der Urkunde weder das Siegerweingut eingetragen, noch hatte Bürgermeister Farmer unterschrieben. Um bei der Putzfrau Verwirrung zu stiften, rollte ich den Putzwagen zur hauseigenen Schredderanlage für Abfallpapier, die in dem Hausplan, den Sie mir gegeben haben, eingezeichnet ist. Dort habe ich dann den gesamten Papierabfall vernichtet. Nur kurze Zeit später kamen Farmer und die Putzfrau ebenfalls in den Keller. Während sie in der Schredderanlage waren, bin ich mit dem Aufzug wieder hochgefahren und habe mich erneut im Zimmer von Farmers Sekretärin versteckt. Die fehlenden Eintragungen mussten ja noch vorgenommen werden. Es hat dann auch nicht lange gedauert, bis der Bürgermeister wieder in sein Arbeitszimmer kam. Da er jetzt alleine war, bin ich ihm gegenübergetreten. Als er mich sah, war er natürlich kurz geschockt, dann griff er zum Telefon, um die Polizei anzurufen. Ich musste dann etwas handgreiflich werden, habe ihm das Telefon weggenommen und ihn gezwungen, sich in einen seiner Besucherstühle zu setzen. Dann forderte ich ihn auf, die fehlenden Eintragungen auf der Urkunde vorzunehmen und sie zu unterschreiben. Im ersten Augenblick zeigte er sich ganz willig, dann sprang er plötzlich auf, packte eine herumstehende Bronzefigur und ging damit auf mich los. Ich war im ersten Moment total überrumpelt! Er hat mich dann richtig am Oberarm erwischt. Selbstverständlich musste ich weitere Aggressionen verhindern. Ich konnte ihm die Figur entreißen und habe dann im Kampf damit zugeschlagen. Wahrscheinlich etwas zu heftig. Tut mir leid, das war nicht meine Absicht."

„Etwas zu heftig ist gut. Der Mann liegt im Krankenhaus, auf der Intensivstation, im Koma! Hoffentlich trägt er keine dauerhaften Folgen davon! Warum haben Sie nicht den Notarzt verständigt? Sie hätten doch dann sofort verschwinden können."

„Dafür blieb leider keine Zeit. Ich musste mich schleunigst zurückziehen, da ich plötzlich die Putzfrau wieder an der Tür hörte. Vermutlich hat sie der Kampfeslärm alarmiert. Wieder über das Zimmer der Sekretärin bin ich dann abgehauen. Als ich das Haus verlassen hatte, hörte ich in der Ferne Sirenengeheul. Offensichtlich hat die Putzfrau die Rettung alarmiert."

„Sie haben die Urkunde bei sich?"

„Ja. Es fehlt allerdings noch die Unterschrift von Farmer."

„Sind Sie in der Lage, die Unterschrift zu fälschen?"

„Das dürfte kein Problem sein. Sicher findet man im Internet veröffentlichte Grußworte des Bürgermeisters, die mit seiner Unterschrift versehen sind, so dass ich ein Muster habe."

„Gut, erledigen Sie das und bringen Sie die Urkunde in Farmers Büro ins Rathaus zurück. Deponieren Sie sie etwas versteckt, aber so, dass man sie leicht finden kann. Sicher wird man vor der Aufzeichnung der *Närrischen Weinprobe* noch einmal in Farmers Büro nach ihr suchen. Hoffen wir mal, dass sie keinen Verdacht schöpfen. Sie wissen, in welchem Hotel ich bin. Geben Sie mir Bescheid, sobald der Auftrag ausgeführt ist – und halten Sie sich für weitere Einsätze in Bereitschaft. Durch diesen Eklat kann es notwendig sein, weitere Präventivmaßnahmen zu ergreifen, um etwaige Hinweise in unserer Richtung zu verschleiern."

„Geht in Ordnung." Der Mann räusperte sich kurz, dann fuhr er fort: „Noch eine Kleinigkeit. Das Ganze gestaltet sich jetzt doch aufwändiger, als ursprünglich angenommen. Daher muss ich Sie bitten, ihrem Geschäftspartner auszurichten, er möge beim Honorar noch ein Sümmchen draufpacken. Die ganze Sache ist ja wesentlich gefährlicher, als Sie mir gesagt haben."

Nach einer kurzen Pause erwiderte sein Gesprächspartner: „Sind Sie sicher, dass ich Ihre Forderung so weitergeben soll, nachdem Sie derart versagt haben? Werden Sie nicht gierig! Mein Partner kann durchaus ... unangenehm werden, wenn er seine Interessen gefährdet sieht."

„Wollen Sie mir drohen?"

„Keineswegs, aber Sie sollten Ihre Bedeutung in dieser Angelegenheit realistisch einschätzen."

Das Gespräch war beendet. Der Mann am Schreibtisch nahm die Kaffeetasse und trank sie leer. Als er den schalen, kalten Kaffee auf der Zunge spürte, verzog er angewidert das Gesicht. Die Sache, auf die er sich da eingelassen hatte, schien gewaltig aus dem Ruder zu laufen. Er musste aufpassen, nicht zu tief in die Angelegenheit hineingezogen zu werden. Aus seiner Hosentasche zog er einen Schlüsselanhänger in Form einer Banane, an dem ein einziger Sicherheitsschlüssel hing. Es handelte sich um den Generalschlüssel zum Grafeneckart, mit dem man alle Türen des Rathauses schließen konnte. Eigentlich hätte er ihn ja nach Weisung seines Auftraggebers gleich nach erfolgreicher Aktion in den Main werfen sollen. Aber er war ein vorsichtiger Mensch. Eine Eigenschaft, die in seiner Branche für das Überleben unverzichtbar war. Außerdem hatte es ihn ziemlich viel Geld gekostet, das Gewissen eines Bediensteten aus dem Rathaus so zu besänftigen, dass er seinen Generalschlüssel für die Anfertigung einer Kopie zur Verfügung stellte.

Hinter der linken Tür seines Schreibtisches kam ein kleiner Schranktresor zum Vorschein. Er gab die Kombination ein und öffnete. Die fragliche Urkunde lag geschützt in einem Aktenumschlag. Der Text des Dokuments interessierte ihn nicht. Die Unterschriften der beiden Präsidenten prangten, mit königsblauer Tinte geschrieben, links und in der Mitte des Schriftstücks. Auf der rechten Seite war noch Platz für die Unterschrift des Bürgermeisters. Er schaltete seinen Laptop ein und gab in das Suchprogramm „Bürgermeister Farmer Würzburg“ ein. Augenblicklich erhielt er fast tausend Treffer. Sehr schnell fand er eine Website, auf der ein Kaninchenzüchterverein ein Grußwort des Bürgermeisters mit Unterschrift zum 50-jährigen Bestehen des Vereins eingestellt hatte. Ein Grußwort, in dem Farmer als herausragenden Erfolg des Vereins den 250. Deckakt des prämierten Deutschlandchampions Maximilian von Schell, eines Rammlers der Rasse Deutscher Riese, besonders würdigte. Sekunden später spuckte der Drucker den Teil des Textes aus, auf dem die Unterschrift gut sichtbar war. Er legte den Ausdruck neben ein weißes Blatt Papier, schnappte sich einen blauen Tintenschreiber und begann die Signatur zu üben. Eine gute halbe Stunde und zwei vollgeschriebene Übungsblätter später war er mit dem Ergebnis seiner Bemühungen recht zufrieden. Nachdem er die Urkunde im richtigen Winkel positioniert hatte, holte er tief Luft und brachte die Unterschrift „Dr. Andy Farmer“ zu Papier. Zufrieden begutachtete er sein Werk. Er erhob sich und schob die Übungsblätter in seinen kleinen Aktenvernichter. Nach dem Trocknen der Tinte legte er die Urkunde zurück in den

Aktenumschlag und deponierte sie wieder im Tresor. Das Rathaus würde er erst am späten Nachmittag aufsuchen, wenn das Personal gegangen war.

Er erhob sich und verließ sein Büro, nachdem er seiner Sekretärin gesagt hatte, er würde heute nicht mehr zurückkommen. Als er das in der Inneren Pleich liegende Gebäude verließ, streifte sein Blick die kleine, blank polierte Messingtafel links neben dem Eingang.

Josef Wu, Ermittlungen aller Art stand da zu lesen. Mit der Hand verjagte er eine dicke Schmeißfliege, die sich zum Sonnen auf der Tafel niedergelassen hatte.

Am selben Tag ebenfalls in Würzburg

Im Besprechungsraum des Würzburger Staatlichen Hofkellers saßen drei Verantwortliche dieses Weinguts, zwei zuständige Fernsehleute des Bayerischen Rundfunks, der Präsident des Fränkischen Weinbauverbands, der Präsident des Fastnachtsverbands und der Vertreter des Landeskriminalamts, Polizeidirektor Pytschykovwsky, zusammen und diskutierten die durch den Ausfall von Andy Farmer schwierig gewordenen Rahmenbedingungen für die Durchführung der *Närrischen Weinprobe*. Sie sollte demnächst aufgezeichnet werden. Vor jedem stand ein Glas Wein, das der Weingutdirektor eingeschenkt hatte.

„Ich habe es ja gleich gesagt", erklärte er dabei sichtlich angefressen, „wir hätten das Procedere, das sich schon seit Jahren bewährt hat, beibehalten sollen. Wir haben auch dieses Jahr wieder einen ausgezeichneten Silvaner, wie Sie sich gerade selbst überzeugen können, der sich als Narrenwein hervorragend geeignet hätte." Er klopfte mit dem Finger gegen sein Glas. „Die Feen und der Nassauer hätten ihn vorgestellt und alles wäre gut gewesen. Durch dieses neue Auswahlverfahren und jetzt den Ausfall von Bürgermeister Farmer sind wir total in die Bredouille gekommen." Der Chef des Weinguts fixierte die Vertreter des BR, denen er offenbar die Hauptschuld an der vertrackten Situation gab. Mit einem Schluck Silvaner versuchte er seine Verärgerung hinunterzuspülen.

Die Programmverantwortliche für den Bereich Franken schüttelte den Kopf. „Ich habe es schon mehrfach betont, dass wir eine Umfrage bei unseren Zuschauern gemacht haben. Im

Übrigen haben wir das geänderte Verfahren auch schon in der kürzlich durchgeführten Pressekonferenz vorgestellt. Da gibt es kein Zurück mehr."

Der Chef des Weinguts machte eine resignierte Handbewegung und schloss das Thema damit für sich ab. „Wie soll es jetzt weitergehen, nachdem Farmer ausfällt?", wollte er wissen.

Der Redaktionsleiter erklärte: „Am Konzept der Sendung ändert sich mit Ausnahme der Auswahl des Narrenweins gar nicht viel. Jede Menge Faschingscomedy mit den bekannten Größen, Tanzeinlagen zweier Garden und der Auftritt einer singenden Gruppe. Die übliche Prominenz, von der Landtagspräsidentin über den Bischof bis hin zum Oberbürgermeister ist ebenfalls vertreten." Er studierte einige Blätter, die vor ihm auf dem Tisch lagen. „Wir haben ja die Auswahl des Narrenweins durch den Bürgermeister schon vor zehn Tagen gesondert aufgenommen. Dadurch sind wir in der glücklichen Lage, diesen Teil für die Zuschauer einspielen zu können. Die Gäste vor Ort können die Auswahl auf einer Leinwand verfolgen. Ich glaube nicht, dass wir hierdurch einen Bruch in die Sendung bekommen. Die Wahl wurde von uns so geschnitten, dass nur die wesentlichen Teile gezeigt werden. Wir werden das so geschickt machen, dass das gar nicht auffällt."

An dieser Stelle meldete sich Toni Felsmann, der Weinbaupräsident, zu Wort. „Wir haben aber trotzdem ein Problem. Bürgermeister Farmer sollte doch in der Sendung dem siegreichen Weingut eine von uns ausgestellte Urkunde für den ausgewählten Narrenwein übergeben und damit den Sieger küren. Durch seine Erkrankung fällt das ja jetzt wohl ins Wasser. Wer soll das statt seiner übernehmen? Noch dazu, wo es diese Anschlagsdrohung gibt?"

Da hob Polizeidirektor Pytschykovwsky seine Hand und meldete sich zu Wort: „Hierzu möchte ich etwas sagen. Ich habe über diese Angelegenheit bisher eine Nachrichtensperre verhängt. Bis jetzt ist von dem Überfall auf Herrn Farmer nichts bekannt. Es gab natürlich vereinzelt Anfragen, da der Notarzteinsatz im Rathaus nicht verborgen blieb. Wir erklärten ihn mit einem Schwächeanfall eines Besuchers des Rathauses. Bei Anfragen erklärt das Büro des Oberbürgermeisters, Herr Farmer sei auf einer Dienstreise.

Wir befürchten, die Täter könnten bei der Aufzeichnung der Närrischen Weinprobe noch einmal zuschlagen. Vermutlich sollen die Bekanntgabe des Siegerweins und die Übergabe der Urkunde boykottiert werden. Die polizeilichen Ermittlungen haben ja ergeben, dass die beiden Herren Präsidenten einen Tag vor dem Überfall auf Herrn Farmer die besagte Urkunde dem Herrn Bürgermeister zur Unterschriftsleistung zugeleitet haben. Diese Urkunde ist verschwunden. Wir vermuten daher, dass das Motiv für diesen Überfall in dem geänderten Auswahlverfahren für den Narrenwein und im Zusammenhang mit dieser Urkunde zu suchen ist. Herrn Farmer selbst konnten wir noch nicht vernehmen."

„Wieso so viel kriminelle Energie wegen eines Weins?" Der Weinbaupräsident schüttelte fassungslos den Kopf.

„Dahinter stecken unserer Meinung nach massive wirtschaftliche Interessen. Unsere Ermittlungen gehen daher auch in diese Richtung. Wir haben aber bisher noch keine Anhaltspunkte dafür, dass eines der am Auswahlverfahren beteiligten Weingüter mit dieser Sache in Verbindung zu bringen ist."

„Sie haben uns immer noch nicht gesagt, wie Sie die Kuh vom Eis bringen wollen", hakte Bernie Schlehbusch, der Präsident des Fastnachtsverbandes, nach.

„Richtig", fuhr der Polizeibeamte fort. „Wir möchten nicht nur einen Anschlag verhindern, vielmehr wollen wir auch auf jeden Fall den oder die Täter erwischen. Wir werden daher in die Sendung ein Double des Herrn Bürgermeisters einschleusen. Da alle wichtigen Protagonisten maskiert sein werden, dürfte dies relativ unproblematisch möglich sein."

Der Weingutdirektor lachte. „Lieber Herr Pytschykovwsky, das möchte ich wirklich sehen, wie Sie bei der Unnachahmlichkeit unseres Andy Farmer ein Double einsetzen wollen, das auch nur annähernd Ähnlichkeit mit dem Bürgermeister hat." Einige der anderen Anwesenden nickten beipflichtend.

Der Polizeidirektor lächelte. „Da machen Sie sich mal keine Gedanken, wir haben einen pensionierten Kriminalbeamten gefunden, der mittels einer Maskenbildnerin entsprechend hergerichtet werden kann. Die Damen und Herren des Bayerischen Rundfunks werden uns dabei dankenswerter Weise unterstützen." Er nickte den Rundfunkvertretern freundlich zu. „Abschließend darf ich auch in dieser Runde sagen, dass gegenüber der Presse über die bisher bekannten Informationen hinaus keinerlei Mitteilungen gemacht werden dürfen. Es geht schließlich auch um die Sicherheit der anwesenden Prominenz. Wir werden im Keller, wie in den früheren Jahren auch, verstärkt weitere, natürlich ebenfalls maskierte Polizeikräfte einsetzen. Hinzu kommen dann noch entsprechend verschärfte Zugangskontrollen, so dass aus unserer Sicht die Sicherheit der Veranstaltung gewährleistet sein dürfte. Wir haben damit aus polizeilicher Sicht alles getan, um für alle Beteiligten und die geladenen Gäste ein Rundum-Sicherheitspaket zu schnüren. Wir sind damit für alle Eventualitäten gerüstet. Auch die Damen und Herren des Bayerischen Rundfunks sind mit unserer Konzeption einverstanden. Sollte es während der Sendung tatsächlich zu einem Zugriff kommen, wäre dieses Geschehen, da es sich ja um eine Aufzeichnung handelt, unproblematisch herauszuschneiden." Mit zufriedenen Gesichtsausdruck setzte er sich zurück und trank einen Schluck Silvaner.

Die Runde diskutierte das Gehörte noch einige Zeit, dann beschloss man, sich bei Bedarf, ansonsten spätestens zwei Tage vor der Aufzeichnung, erneut hier zu treffen.

Schöpf-Kelle saß am späten Nachmittag bei seinem Leib- und Magenitaliener an seinem Lieblingstisch und starrte geistesabwesend in ein Glas blutroten Rosso Pinceno. Er verdaute gerade eine ordentliche Portion Spaghetti Vongole und nahm sich jetzt etwas Zeit zum Nachdenken.

In den letzten Tagen war er wie ein Raubtier auf Beutefang durch die Stadt geschlichen und hatte alle möglichen Quellen angezapft, um herauszufinden, was mit Andy Farmer wirklich los war. Das Angebot des Bürgermeisters unten im Weinkeller, sich bei seinem Sekretariat einen Termin geben zu lassen, hatte er einige Tage später in Anspruch nehmen wollen, aber immer die Auskunft erhalten, der Bürgermeister sei auf einer Dienstreise. Sein Jagdtrieb war jetzt erst recht angefacht. Er erinnerte sich daran, dass ein Reporterkollege vor kurzem von einem Notarzteinsatz im Grafeneckart berichtete. Die Mainpostille hatte darüber einen kurzen Artikel gebracht. Schöpf-Kelle überflog diese kurze Randnotiz auf einer der inneren Seiten nur flüchtig. Seiner Erinnerung nach war es einem Besucher des Rathauses schlecht geworden, sodass er ins Krankenhaus eingeliefert werden musste.

Der Reporter nahm einen kleinen Schluck und ließ den Wein genüsslich auf der Zunge zergehen. Sein Instinkt und sein Bauchgefühl hatten ihm schon die besten Storys beschert. Er beschloss, den Kollegen wegen dieser Angelegenheit noch einmal anzusprechen. Er machte dem Besitzer der Pizzeria ein Zeichen, dass er zahlen wollte. Luigi kam an den Tisch.

„Hat es dir geschmeckt?“

„Luigi, wie immer grandios!“

„Dann freut es mich, dass du mein Gast warst.“ Er winkte Schöpf-Kelle freundlich lächelnd zu und verschwand wieder hinter seinem Tresen.

Der Reporter beeilte sich, in die Redaktion zu kommen. Hoffentlich traf er den Kollegen noch an.

Schöpf-Kelle hatte Glück. Der Reporter saß noch an seinem Schreibtisch und tippte versunken in die Tastatur seines Computers. Schöpf-Kelle zog sich vom Nachbarschreibtisch einen Stuhl heran und ließ sich rittlings darauf nieder. Worauf der Mann das Schreiben einstellte und seinen Kollegen fragend anblickte.

„Markus, du hast dich doch vor kurzem mit diesem Notarzteinsatz im Rathaus beschäftigt.“

Der Angesprochene nickte.

„Ich habe deinen Artikel gelesen. Gut. Sehr knapp und trotzdem alles Wesentliche drin. Im Augenblick recherchiere ich in einer anderen Sache, die aber mit dem Fall von dir zusammenhängen könnte. Kannst du mir noch einmal kurz umreißen, um was es bei der Sache ging?“

Markus speicherte schnell das von ihm Geschriebene ab, dann drehte er seinen Bürostuhl herum.

„Wir haben in den sozialen Medien einen Hinweis bekommen, dass im Rathaus ein Notarzteinsatz stattfindet. Ich habe mich dann gleich aufs Fahrrad geschwungen. Es war tatsächlich rundherum um den Vierröhrenbrunnen und zum Eingang des Grafeneckarts hin alles von der Polizei abgesperrt. Das hat mich schon gewundert. Zumal mir einer der Sanitäter erklärte, irgendjemand habe nur einen leichten Schwächeanfall bekommen. Bei einer derartigen Bagatelle ist ein solches Polizeiaufgebot eigentlich ungewöhnlich, dachte ich, bin dann aber wieder losgeradelt, weil ich gleich meinen Artikel schreiben wollte. Mehr kann ich dazu leider nicht sagen.“

„Hast du noch mitbekommen, in welches Krankenhaus sie den Mann einliefern wollten?"

„Ja, einer der Sanis hat was von der Missionsärztlichen Klinik gesagt."

Schöpf-Kelle bedankte sich bei seinem Kollegen und ging zu seinem Platz zurück. Er war sich jetzt absolut sicher, dass hinter diesem Schwächeanfall mehr steckte, als der Kollege erfahren hatte. Schöpf-Kelle pflegte einen ausgezeichneten Kontakt zur zentralen Einsatzzentrale von Feuerwehr und Rettungsdienst. Den würde er jetzt wieder einmal anzapfen. Er schnappte sich seinen kleinen Rucksack, in dem er seine Reporterausrüstung verstaute, und verließ zielstrebig das Redaktionsbüro in der Neubaustraße. Zweihundert Meter weiter suchte er sich einen ruhigen Tisch im Unicafé. Nachdem ihm die Bedienung einen doppelten Espresso gebracht hatte, zückte er sein Handy. Sein Spezi Moritz, mit dem er zusammen in der Altherrenmannschaft der Kickers Würzburg gelegentlich gegen den Ball trat, meldete sich nach dem dritten Läuten auf seinem Mobiltelefon. Schöpf-Kelle meldete sich. Den Hintergrundgeräuschen nach befand sich der Angerufene in einer belebten Umgebung.

„Servus, Schöpfi, alter Zeitungshai, was ist dein Begehr? Ich geh doch recht in der Annahme, dass du wieder irgendwelche Informationen benötigst."

„Man meint, du könntest Gedanken lesen", gab Schöpf-Kelle leise lachend zurück.

„Alles Erfahrungen, mein Freund, alles Erfahrungen. Also, was liegt an?"

„Ich hoffe, du kannst reden. Hattest du Dienst, als vor einigen Tagen im Rathaus ein Notarzteinsatz war?"

In der Leitung blieb es einige Zeit völlig still, dann entgegnete Moritz mit plötzlich gedämpfter Stimme: „Warte mal einen Augenblick, ich muss einige Schritte zur Seite gehen, wo es etwas ruhiger ist."

Es raschelte einige Zeit in der Leitung, dann meldete sich Moritz wieder.

„Mensch, Schöpfi, du bringst mich mit deiner Fragerei irgendwann in Teufels Küche! Du weißt, der Datenschutz wird bei uns sehr streng genommen."

„Das bedeutet für mich im Umkehrschluss, an der Sache gibt es etwas zu schützen. Jetzt stell dich nicht so an, ich habe dich bisher noch nie als Quelle benannt. Los, sag schon, was war da los?"

„Schöpfi, in diesem Fall kann ich dir wirklich nicht weiterhelfen. Die Sache ist mir einfach zu heiß!"

„Danke, damit hast du mir ein ganzes Stück weitergeholfen. Wenn es sich bei dem Einsatz nur um einen Schwächeanfall eines Rathausbesuchers gehandelt hätte, würdest du dich nicht so anstellen." Er überlegte eine Sekunde, dann fuhr er fort: „Kannst du mir wenigstens sagen, welche Rettungsorganisation beteiligt war und wohin man die Person, die diesen Einsatz auslöste, hingebracht hat?"

Kurze Pause, dann kurz und knapp: „Rotes Kreuz. Missionsärztliche Klinik. – Aber das hast du definitiv nicht von mir!"

Schöpf-Kelle versicherte ihm das, dann verabschiedete er sich. Die ungewohnte Diskretion seines Spezis Moritz brachte Schöpf-Kelles journalistisches Blut ins Wallen. Jetzt hatte er keinerlei Zweifel mehr, auf einer heißen Fährte zu sein. Und wie es Bluthunden eigen ist: Wenn sie einmal die Spur aufgenommen haben, lassen sie nicht mehr locker.

Rotes Kreuz … überlegte er. Wen konnte er dort ausfragen? Da fiel ihm ein, dass er vor einem Dreivierteljahr einen Bericht über eine Typisierungsaktion des Roten Kreuzes für

Leukämiekranke geschrieben hatte. Petra hieß die nette Rettungsassistentin, mit der er sich damals sehr gut verstand. Er hatte sie nach dem Interview sogar einmal auf einen Schoppen eingeladen. Nachdem sie ihm aber mehr oder weniger durch die Blume mitteilte, der Schoppen würde ihr zwar ganz ausgezeichnet schmecken, sie ihm aber für eventuelle weitere Planungen wissen lassen möchte, dass sie mehr auf Frauen stand, schlief die Verbindung irgendwie ein. Schöpf-Kelle blätterte in den Kontakten seines Handys. Normalerweise löschte er nie Telefonnummern. Man wusste ja nie … Da stand es: „Petra, Rotes Kreuz" plus Handynummer. Ohne Zögern berührte er das Telefonsymbol.

„Bayerisches Rotes Kreuz, Sie sprechen mit Petra Jünglinger. Was kann ich für Sie tun?"

Diese freundliche Stimme war ihm noch gut im Ohr.

„Hallo, Petra", meldete er sich, „hier spricht Schöpf-Kelle von der Mainpostille. Du kannst dich vielleicht noch an mich erinnern?"

„Hallo, Schöpfi, grüß dich, selbstverständlich kann ich mich noch an dich erinnern. Was führt dich zu mir?" Offenbar trug sie ihm die lange Funkstille nicht nach.

„Petra, ich recherchiere gerade für einen Artikel."

Aus dem Hörer erklang ihr unzweifelhaft erotisches Lachen. „Wie könnte es bei dir auch anders sein? Wie kann ich dir helfen?"

„Vor einigen Tagen hattet ihr einen Notarzteinsatz im Rathaus. Dabei wurde der Patient in die Missionsärztliche Klinik gebracht. Kannst du mir einen Hinweis geben, um wen es sich dabei gehandelt hat?"

„Das ist richtig, ich habe davon gehört. Du weißt aber, dass ich derartige Informationen nicht weitergeben darf."

„Natürlich weiß ich das. Aber soweit ich das bisher ermitteln konnte, scheint da im Rathaus irgendein trübes Süppchen zu kochen, worüber die Öffentlichkeit nichts wissen soll. Aber wenn es im Grafeneckart stinkt, sollte das die Bevölkerung erfahren. Kannst du mir wenigstens einen Tipp geben, damit ich die Sache besser eingrenzen kann? Vorschlag: Ich stelle einfach ein paar Fragen. Wenn ich falsch liege, sagst du Nein. Wenn ich auf der richtigen Spur bin, sagst du einfach gar nichts. Wäre das eine Lösung?"

„Frage."

„Handelte es sich bei der Person um einen Besucher des Rathauses?"

„Nein."

Schöpf-Kelles Gedanken rasten ihm durch den Kopf. Er hatte also richtig vermutet. Es handelte sich um einen Bediensteten des Rathauses. Nach seiner Kenntnis befanden sich die normalen Mitarbeiter des Rathauses aber um die Zeit, als der Vorfall geschah, bereits im Feierabend.

„War es jemand aus der Führungsebene?"

Schweigen.

Schöpf-Kelle wusste, viele Fragen durfte er nicht mehr stellen, wollte er seine Gesprächspartnerin nicht überstrapazieren. Der Einzige, der im Augenblick wegen einer Dienstreise im Rathaus nicht zu erreichen war, war Andy Farmer. Er riskierte es.

„Betraf es Bürgermeister Farmer?" Angespannt lauschte er in den Hörer.

Schweigen.

Schöpf-Kelle triumphierte innerlich. „Ich danke dir sehr für deine Hilfe. Wenn ich den Artikel geschrieben habe, rufe ich dich wieder an und lade dich auf einen Schoppen ein."

Sie lachte erneut. „Wenn du möchtest, kann ich auch eine nette Freundin von mir mitbringen. Keine Sorge, sie ist hetero." Mitten in ihr Lachen hinein unterbrach sie das Telefonat.

Schöpf-Kelle war mit dem Ergebnis dieses Gesprächs sehr zufrieden. Jetzt konnte die Recherche richtig losgehen. Er bezahlte, schnappte sich seinen Rucksack und stellte sich an die Straßenbahnhaltestelle, die direkt vor dem Café lag. Am Bahnhof stieg er in den Bus um, der ihn bis zum Missionsärztlichen Klinikum brachte.

Schöpf-Kelle betrat den freundlichen Eingangsbereich und wandte sich nach kurzem Rundblick nach links zum Informationsschalter. Dort saß eine ältere Dame mit bläulich grau gefärbten Haaren, deren rundliches Gesicht pure Hilfsbereitschaft und Freundlichkeit ausstrahlte. Schöpf-Kelle musterte sie kurz und unauffällig und ordnete sie als Rentnerin ein, die mit diesem 450-Euro-Job ihre Rente aufbesserte. Der Reporter setzte sein freundlichstes Lächeln auf, als sie ihn schon fragte: „Bitte schön, junger Mann, was kann ich für Sie tun?"

„Ich benötige Ihre Hilfe. Vor ein paar Tagen ist mein Onkel hier eingeliefert worden. Ich war einige Tage im Ausland und bin erst heute nach Würzburg zurückgekommen. Dann musste ich diese schreckliche Nachricht hören." Sein Lächeln verschwand und machte einer Trauermiene Platz. „Ich möchte unbedingt nach ihm sehen."

„Wie heißt denn Ihr Onkel?", wollte Frau Schönlein, wie sie laut dem Namensschild auf dem Tresen hieß, wissen. Dabei setzte sie eine Brille auf und wandte sich der Tastatur ihres Computers zu.

„Andy Farmer", erklärte Schöpf-Kelle knapp.

„Andy mit i oder y?"

„y", konkretisierte Schöpf-Kelle. Sie tippte den Namen mit erstaunlicher Geschicklichkeit ein, dann bestätigte sie mit der Maustaste. Auf dem Bildschirm erschien die Grafik einer Auskunftsdatenbank.

„Da haben wir ihn ja", stellte sie fest. Sie las einen Augenblick die Informationen auf dem Bildschirm, dann wandte sie sich wieder Schöpf-Kelle zu. „Ihr Onkel liegt auf der Intensivstation. Medizinische Informationen stehen mir leider nicht zur Verfügung. Die Intensivstation ist im ersten Stock, wenn Sie aus dem Aufzug herauskommen, gleich rechts. Sie müssen dort klingeln, das Pflegepersonal wird Ihnen dann weiterhelfen."

Schöpf-Kelle bedankte sich überschwänglich bei der Dame und bewegte sich in Richtung Aufzug. Innerlich frohlockte er. Sein journalistischer Instinkt hatte sich wieder einmal bewährt. Die Person, die im Rathaus den Notarzteinsatz ausgelöst hatte, war also tatsächlich Bürgermeister Farmer gewesen. Er betrat den Aufzug und fuhr in das angegebene Stockwerk. Der Mann musste ernsthaft erkrankt sein, wenn man ihn gleich auf die Intensivstation verlegte. Schöpf-Kelle war sich sicher, bis zu dem Patienten würde er nicht vordringen können. Aber vielleicht konnte er über die Nummer mit dem besorgten Neffen noch einige Informationen bezüglich der Schwere der Erkrankung Farmers bekommen.

Am verschlossenen Eingang zur Intensivstation läutete er. Aus der Gegensprechanlage neben der Tür kam eine weibliche Stimme.

„Ja, bitte?"

„Mein Name ist Farmer. Ich bin der Neffe von Herrn Farmer, der bei Ihnen auf der Intensivstation liegt. Ich würde meinen Onkel gerne besuchen."

„Treten Sie bitte ein und setzen Sie sich ins Wartezimmer. Das Pflegepersonal wird sich um Sie kümmern." Der Türsummer ertönte und Schöpf-Kelle trat ein. Sofort stach ihm antiseptischer Geruch in die Nase. Das Wartezimmer war klein und verfügte nur über wenige Sitzgelegenheiten. Schöpf-Kelle ließ sich nieder und bemerkte eine geschlossene Tür mit einem kleinen Sichtfenster, die offenbar in das Innere der Intensivstation hineinführte. Deutlich hörte er durch die Tür die mechanischen Geräusche lebenserhaltender Maschinen. Die Atmosphäre der Station erzeugte bei ihm eine merkwürdige Anspannung. Am liebsten wäre er unverrichteter Dinge wieder gegangen. In diesem Augenblick öffnete sich die Tür und eine junge blonde Frau in einem hellorangen Hosenanzug trat heraus. Um den Hals trug sie eine Gesichtsmaske, die sie auf die Brust herabgezogen hatte. Sie sah Schöpf-Kelle freundlich an und fragte: „Sie sind der Neffe von Herrn Farmer?"

Schöpf-Kelle nickte.

„Es tut mir leid, Herr Farmer, aber Ihr Onkel darf im Augenblick außer seiner Frau keinen Besuch empfangen."

Schöpf-Kelle erhob sich von seinem Sitz. „Das tut mir sehr leid. Können Sie mir sagen, wann ich wieder einmal vorbeikommen kann?"

„Es lässt sich nicht abschätzen, wie lange wir Herrn Farmer im Koma belassen müssen. Am besten erkundigen Sie sich bei Ihrer Tante. Sie ist ja immer auf dem neuesten Stand."

Sie lächelte Schöpf-Kelle freundlich zu, dann verschwand sie wieder in der Intensivstation. Der Reporter drückte den Türöffner, der ihm den Ausgang öffnete. Jetzt hatte er mehr Informationen als erhofft. Andy Farmer war also im Rathaus lebensgefährlich verletzt worden. Dafür konnte es vielerlei Gründe geben. Während er das Krankenhaus wieder verließ, dachte er an die Bemerkung seines Kollegen, der ihm gesagt hatte, die Polizei habe rund um den Vierröhrenbrunnen eine Absperrung vorgenommen. Eine bei einem normalen Notarzteinsatz eigentlich unübliche Maßnahme. Da gab es definitiv Klärungsbedarf. Selbstverständlich hatte er, wie jeder gute Journalist, Verbindungen zur Polizeibehörde. Er hatte sogar das Glück, sich eine Führungspersönlichkeit gewogen gemacht zu haben: der nächste Schritt. Bei diesem Mann musste er allerdings etwas subtil vorgehen, denn er war ziemlich launisch, und wenn er ihn am falschen Tag auf dem falschen Fuß erwischte, war der Informationsfluss dürftig. Schöpf-Kelle hatte da seine einschlägigen Erfahrungen. In Gedanken versunken stellte er sich wieder an die Haltestelle und wartete auf den nächsten Bus.

Schöpf-Kelle wusste, wo er seinen Informanten am frühen Abend erreichen konnte. Nachdem er die Nummer gewählt hatte, läutete es ergebnislos so oft, dass der Reporter schon wieder auflegen wollte. Dann kam doch noch ein gebelltes „Ja" aus dem Hörer.

„Hier Schöpf-Kelle."

„Verdammt, du hast mir zu meinem Glück gerade noch gefehlt!"

Schöpf-Kelle zog die Augenbrauen in die Höhe. Im Hintergrund hörte er Geräusche, die ihm sagten, dass der Mann in seiner Stammkneipe war. Wie es aussah, nicht mehr ganz nüchtern. Das musste für seine Zwecke nicht unbedingt negativ sein. Jetzt galt es, mit Fingerspitzengefühl vorzugehen.

„Wäre es möglich, dass wir uns heute noch sehen?"

„An welchem Aas rupfst du alter Geier wieder herum?"

Schöpf-Kelle ignorierte diese Bemerkung. „Ich bin da an einem interessanten Kriminalfall dran. Dabei kann ich mir gut vorstellen, die Leistung des ermittelnden Beamten in einem Artikel besonders hervorzuheben."

Schöpf-Kelle wusste, dieser Köder war für seinen Informanten ausgesprochen appetitlich. In der Leitung blieb es für einige Atemzüge still, dann kam die Antwort, die der Reporter erwartet hatte.

„Also gut, du alte Schmeißfliege. Wann und wo?"

„Ich denke, eine öffentliche Gaststätte wäre nicht so günstig. Am besten, wir setzen uns in mein Auto. Um 22 Uhr stelle ich meinen Wagen auf dem Peterplatz ab. Um diese Zeit gibt es dort reichlich freie Parkplätze. Mein Auto kennen Sie ja."

„Ich werde da sein."

Das Gespräch wurde unterbrochen. Schöpf-Kelle rieb sich die Hände. Der Mann, mit dem er gerade gesprochen hatte, war extrem ehrgeizig und ausgesprochen pressegeil. Beste Voraussetzungen, einige wertvolle Insidertipps zu bekommen.

Pünktlich um 22 Uhr lenkte Schöpf-Kelle seinen weinroten Wagen auf einen Parkplatz an der Rückseite der Kirche St. Peter und Paul. Ein idealer Platz für ein konspiratives Treffen, da die Straßenbeleuchtung diese Ecke etwas benachteiligte. Er stellte den Motor aus, lehnte sich zurück und wartete. Er war gerade dabei, sich zu überlegen, wie er die gewünschten Informationen aus seinem Informanten herauskitzeln konnte, als seine Beifahrertür ziemlich heftig aufgerissen wurde und sich ein Mann auf den Sitz neben ihn fallen ließ.

„Verdammt, Schöpf-Kelle, da haben Sie sich aber wirklich in der letzten Ecke verkrochen. Ich hätte Ihren Wagen fast nicht gefunden."

„Das ist gut, wenn Sie mich suchen mussten, dann werden uns auch andere Leute nicht entdecken."

Als Begleiterin des Mannes war auch eine merkliche Alkoholfahne eingestiegen. Cognac, vermutete der Reporter und öffnete diskret das Fenster auf seiner Seite ein Stückchen. Gleichzeitig griff er zur mittleren Ablagekonsole, schnappte sich ein geöffnetes Päckchen Mintpastillen und bot davon seinem Nebenmann an. Der warf Schöpf-Kelle einen kritischen Blick zu, entschloss sich dann aber doch, sich eine in den Mund zu schieben.

„Jetzt erzähl schon. Was willst du wissen? Du vergisst dabei aber nicht, dass ich der Amtsverschwiegenheit unterliege." Die Besonderheit ihrer speziellen „Geschäftsbeziehung" lag darin, dass Schöpf-Kelle seinen Informanten siezte, während der Mann ihn duzte. Das war aber von Anfang an so gewesen und keiner der beiden machte sich darüber Gedanken.

„Das ist mir völlig klar", bestätigte der Journalist. „Die meisten Informationen, die ich für meinen Artikel benötige, habe ich schon zusammen. Mir fehlt nur ein wesentliches Mosaiksteinchen, damit aus meinen Einzelteilen ein Bild wird."

„Also, jetzt rede nicht länger um den heißen Brei herum, was willst du wissen?"

„Stichwort: Bürgermeister Andy Farmer! Klingelt's da bei Ihnen?"

Die Person auf dem Beifahrersitz sah Schöpf-Kelle durchdringend an. Plötzlich war von seinem Alkoholgenuss nichts mehr zu spüren.

„Was soll da bei mir klingeln?"

Schöpf-Kelle atmete tief durch. „Ich dachte, über das Stadium, uns gegenseitig etwas vormachen zu müssen, sind wir hinaus. Nach meinen Recherchen ist Bürgermeister Farmer im Rathaus etwas zugestoßen, das einen Notarzt- und Polizeieinsatz erforderlich machte. Da das Ganze möglicherweise mit einer Körperverletzung einherging, vermute ich mal, dass Ihre Abteilung mit der Sache befasst war. Ich hätte daher gerne gewusst, ob es sich um eine Erkrankung, einen Unfall oder eine Gewalttat handelt. Sollte Letzteres der Fall sein, wäre es schön, wenn Sie mir einen Hinweis auf den Täter und sein Motiv geben könnten. Es muss etwas ganz Massives gewesen sein, sonst würde Farmer jetzt nicht im Krankenhaus im Koma liegen."

Der Mann gab ein anerkennendes Brummen von sich. „Wie ich sehe, hast du schon einiges herausbekommen. Eigentlich sind diese ganzen Informationen geheim. Wie hast du das wieder angestellt?“

Schöpf-Kelle ging nicht darauf ein. „Lassen Sie mich jetzt mal fabulieren: Nehmen wir einmal an, Bürgermeister Farmer wäre Opfer einer Gewalttat geworden. Wie komme ich zu dieser Annahme? Der Notarzteinsatz fand nach den üblichen Dienstzeiten der Mitarbeiter des Rathauses statt. Parteibetrieb war um diese Zeit auch keiner mehr. Hätte also eine Erkrankung, zum Beispiel ein Herzinfarkt, oder ein Unfall, etwa weil Herr Farmer die Treppe heruntergefallen ist, den Einsatz des Notarztes erforderlich gemacht, wäre sicher kein Polizeieinsatz notwendig gewesen. Schon gar nicht die Absperrung rund um den Vierröhrenbrunnen. Logischerweise bleibt also nur ein Angriff auf den Bürgermeister. Gehe ich recht in der Annahme, dass Sie auch vor Ort waren?“

Der Mann auf dem Beifahrersitz nickte. „Sauber recherchiert! Um es kurz zu machen, Ihre Hypothese stimmt. Eine unbekannte Person verletzte Herrn Farmer so schwer, dass er ins Koma versetzt werden musste. Ich habe ja noch immer die Putzfrau im Verdacht. Genaueres wissen wir noch nicht, aber möglicherweise hat dieser Angriff auf den Bürgermeister auch etwas mit der Närrischen Weinprobe zu tun, die demnächst im Hofkeller aufgezeichnet wird. Mehr kann ich dir dazu nicht sagen, da sich das Landeskriminalamt in den Fall eingeschaltet und die Leitung der Ermittlungen übernommen hat. Ach ja, irgendwie ist in diese Sache auch dieser Pfeifenstinker Erich Rottmann mit seinem flohverseuchten Köter involviert.“ Seine Stimme bekam bei diesem Nachsatz einen ausgesprochen gehässigen Beiklang.

Schöpf-Kelle stieß einen leisen Pfiff aus. Diese Geschichte erreichte ja Dimensionen, die er sich nicht hätte träumen lassen. Für einen kurzen Moment sah er schon eine dicke Schlagzeile in der Zeitung mit den großen Buchstaben, Berichterstatter Schöpf-Kelle.

„Ich kann dir nur raten, bei irgendwelchen Veröffentlichungen sehr vorsichtig zu sein. Wenn die Kollegen vom LKA dahinterkommen, dass es einen Insider gibt, der die Presse informiert, haben wir beide nichts mehr zu lachen."

„Vielen Dank für die Informationen. Sie können sich darauf verlassen, dass ich bis zur großen Aufdeckung dieses Skandals meinen Informanten nicht nennen werde."

Ohne ein weiteres Wort öffnete der Mann die Beifahrertür und stieg aus dem Fahrzeug. Ohne sich noch einmal umzusehen, verschwand Erster Kriminalhauptkommissar Sebastian Krämer unsicheren Schrittes in einer Seitengasse.

Er bemerkte dabei nicht den Mann, der gerade aus den Grünanlagen hinter dem Regierungsgebäude gekommen war, am Rande des Peterplatzes stand und ihm verblüfft hinterhersah.

Würzburg, Dienstag, den 1. November

Erich Rottmann saß am morgendlichen Stammtisch und gönnte sich sein kleines Frankengedeck, wie er es nannte: einen fruchtig frischen Silvaner und eine tellerüberlappende Portion Leberkäse, dazu eine Laugenstange. Öchsle hatte es sich, wie gewohnt, unter der Bank, direkt unter dem Gesäßbaldachin seines Menschen, bequem gemacht. Die günstigste Position, um die hin und wieder unter den Tisch wandernden Leberkäshappen entgegenzunehmen.

„Erich, was ist denn heute bloß los mit dir? Du bist so ungewöhnlich still." Horst Ritter, wie Rottmann einer der Mitbegründer des Stammtisches *Die Schoppenfetzer*, sah seinen Stammtischbruder besorgt an.

„Ist mir auch schon aufgefallen", pflichtete Ron Schneider bei. „Er hat bis jetzt an seinem Schoppen nur genippt. Kein gutes Zeichen! Womöglich hat er seine Pensionistendepression."

„Jetzt lasst ihn halt erst mal in Ruhe essen", mischte sich Xaver Marschmann ins Gespräch ein. „Es gibt Tage, da geht es mir nicht anders." Er griff sich sein Weinglas und hob es in die Höhe. „Liebe Schoppenfreunde, lasst uns auf unser schweres Rentnerschicksal anstoßen, das wir brüderlich miteinander teilen und uns so gegenseitig erträglicher machen."

Diese Aufforderung verhallte nicht ungehört und die Herren stießen klingend miteinander an, einschließlich Rottmann. Nachdem er den Abgang genossen hatte, überlegte er einen Moment, dann erklärte er: „Liebe Schoppenfetzer, ich danke euch für eure mitfühlenden Worte. Ich habe im Augenblick wirklich ein Problem, über das ich aber leider nicht sprechen darf und bei dem ihr mir auch nicht helfen könnt, selbst wenn ihr wüsstet, worum es geht." Er nickte kurz, so als wolle er sich seine eignen Worte bestätigen, dann rückte er wieder seinem Leberkäs zu Leibe.

Jetzt wussten die Stammtischbrüder zwar noch immer nicht, um was es ging, aber sie akzeptierten Erich Rottmanns Verschwiegenheit. Ohne Rottmann weiter zu bedrängen, wandten sie sich wieder den aktuellen Themen der Stadt zu. Da gab es reichlich Gesprächsstoff.

Erich Rottmann gingen vielerlei Gedanken durch den Kopf. Da war zum einen die Sorge um Elvira Stark, die sich wegen der traumatischen Erlebnisse im Zimmer von Bürgermeister Farmer auf den Rat ihres Hausarztes hin krankgemeldet hatte. Eine Möglichkeit, die sie letztmals vor ungefähr einundzwanzig Jahren in Anspruch genommen hatte, als sie beim Fensterputzen von einer wackeligen Leiter gestürzt war und sich das rechte Handgelenk massiv geprellt hatte. Jetzt saß sie zu Hause und rief mehrmals am Tag Rottmann an, um mit ihm immer wieder den Überfall auf Bürgermeister Farmer zu diskutieren. Sie konnte es einfach nicht ertragen, von Kommissar Krämer als mögliche Täterin angesehen zu werden.

Rottmanns anderes Problem war natürlich die Tatsache, erneut in Dienst gestellt worden zu sein. Zunächst hielt er die Erklärung des LKA-Mannes für ziemlich weit hergeholt, betrachtete die Sache aber jetzt, nach dem Überfall auf Andy Farmer, etwas ernster. Offenbar gab es im Zusammenhang mit der Närrischen Weinprobe irgendwelche kriminellen Vorgänge im Hintergrund. Sosehr sich Rottmann zuerst gegen die Maßnahme des Innenministeriums gesträubt hatte, ihn wieder in den aktiven Dienst zu nehmen, war es ihm nun als aktivem Kriminalbeamten möglich, in der Causa Farmer zu ermitteln.

Denn dass er sich bei der Aufklärung dieses Vorfalls aktiv einschalten würde, stand für ihn außer Frage. Durch seinen neuen Status eröffneten sich ihm völlig neue Möglichkeiten, die ihm als Pensionisten natürlich nicht offengestanden hätten. Allein der Dienstausweis konnte ihm bei Bedarf Türen öffnen.

Erich Rottmann klinkte sich gedanklich weitgehend aus den Diskussionen seiner Stammtischbrüder aus und reagierte nur, wenn er angesprochen wurde. Kurz nach 13 Uhr löste sich der Stammtisch auf. Die Herren Ruheständler hatten in der Stadt noch wichtige Geschäfte zu erledigen.

Erich Rottmann trat auf die Gasse hinaus und warf einen kritischen Blick zum bleigrauen Himmel. Es sah nach Regen aus. Wegen der herrschenden Niedrigtemperaturen band er seinen Schal fester, dann zog er die vorgestopfte Bruyère aus der Joppentasche, brannte den Tabak an und marschierte, mit Öchsle im Gefolge, dampfend die Maulhardgasse in Richtung Marienplatz hinunter. Kurz bevor er die Marienkapelle erreichte, klingelte sein Handy. Er sah auf das Display und zog die Augenbrauen in die Höhe. Der Anrufer war ihm bestens bekannt.

Florian Deichler lehnte sich in seinem Bürostuhl zurück und warf einen Blick auf seine Armbanduhr. Kurz vor zwölf. Seit drei Tagen war er wegen des herrschenden Arbeitsanfalls nicht in die Mittagspause gekommen. Er reckte sich und lockerte seine verspannte Schultermuskulatur. Seit der LKA-Beamte mit Krämer gesprochen hatte, war der Chef der Mordkommission relativ selten in seinem Büro anzutreffen. Er gab vor, in der Ruhe seiner Wohnung einige wichtige Berichte abfassen zu müssen. Deichler machte sich dazu seine eigenen Gedanken. Er wusste aus Erfahrung, wie empfindlich sein Chef auf eine vermeintliche Beeinträchtigung seines ausgeprägten Egos reagierte. Dass dieser Pytschykovwsky ohne weiteres Krämers Büro in Beschlag nahm und noch dazu Krämers Trauma Erich Rottmann in dieses eingeladen hatte, war für den ehrgeizigen Leiter der Mordkommission nur schwer zu ertragen.

Doch da gab es noch etwas, was Deichler intensiv beschäftigte und wofür er etwas Zeit brauchte, um darüber nachzudenken. Deshalb fuhr er seinen Computer herunter, erhob sich und zog seine warme Jacke an. Wenig später verließ er das Dienstgebäude in Richtung Stadtmitte. Nach zehn Minuten saß er in einer Kaffeebar und nippte an einem doppelten Espresso. Er konnte es drehen und wenden, wie er wollte, ihm fiel keine vernünftige Begründung dafür ein, dass er seinen Chef am späten Abend aus dem in einem stillen Winkel abgestellten PKW des stadtbekannten Reporters der Mainpostille, Schöpf-Kelle, hatte steigen sehen. Krämer war mit Sicherheit kein persönlicher Freund des Journalisten, dazu hatte er sich schon zu oft abfällig über den Mann geäußert. Der Platz des Treffens war so gewählt, dass vorübergehende Passanten nicht in das Fahrzeug hineinsehen konnten. Blieb also nur die Vermutung, Krämer hatte mit Schöpf-Kelle irgendwelche Informationen ausgetauscht, die offiziell nicht an die Presse weitergegeben werden durften. Deichler kannte alle aktuellen Fälle, die die Mordkommission zurzeit zu bearbeiten hatte. Dabei war, mit Ausnahme der Geheimsache Farmer, keiner, über den die Presse nicht bereits ausführliche Informationen erhalten hatte. Deichler kannte seinen Chef mittlerweile sehr gut. Krämer war ehrgeizig, eitel und liebte es, im Licht der Öffentlichkeit zu glänzen. Durch seine Vorgehensweise in diesem Fall hatte sich Polizeidirektor Pytschykovwsky in Krämer einen massiven Feind gemacht. In den Augen Krämers war es ein Eklat sondergleichen, dass Pytschykovwsky Erich Rottmann hinzugezogen hatte, ohne ihn zuvor zu informieren. Rottmann war für Krämer ein rotes Tuch. Die beiden waren so gegensätzlich wie Feuer und Wasser. Krämer hatte bei seiner Arbeit immer die Karriere im Auge. Rottmann war das völlig egal gewesen. Für ihn zählten nur die Ergebnisse, die im Team erarbeitet wurden. Deichler war sich sicher, dass Krämer die Vernehmung von Elvira Stark nur deshalb auf diese harte Art und Weise durchgezogen hatte, weil er damit Rottmann treffen wollte. Selbstverständlich wusste Krämer, dass die beiden gewissermaßen befreundet waren. Der LKA-Mann hatte Krämer regelrecht entmachtet. War er wegen dieser vermeintlichen Schmach bereit, die angeordnete Informationssperre gegenüber der Presse zu durchbrechen? Wenn es aufkam, war dies ein eklatanter Verstoß gegen seine Dienstpflichten, der ihm unweigerlich ein Disziplinarverfahren eintragen würde. Sicher nicht karrierefördernd.

Florian Deichler trank einen Schluck Wasser, das ihm zum Espresso gereicht worden war, und stellte die leere Tasse auf den Tresen zurück. Er hatte eine Entscheidung getroffen. Vor der Kaffeebar zog er sein Handy heraus und wählte die Nummer von Erich Rottmann. So wie Deichler seinen ehemaligen Chef kannte, befand sich dieser noch bei seinem Stammtisch. Erich Rottmann meldete sich unverzüglich.

„Grüß dich, Erich, hier ist Florian."

„Hab ich natürlich gesehen. Schließlich leben wir im Zeitalter moderner Technik, in dem einem das Telefon sagt, wer anruft. Florian, was gibt's?"

„Du, wenn ich dich gerade beim Stammtisch störe, tut es mir leid. Aber ich müsste dich mal sprechen. Ich bin gerade in meiner Mittagspause und stehe in der Sanderstraße auf Höhe des Karmelitenklosters."

„Keine Sorge, der Stammtisch ist vorüber. Ich bin sowieso

gerade auf dem Weg in die Ringparkanlagen, weil Öchsle etwas Bewegung braucht. Wenn's dich nicht stört, kannst du mich ja begleiten."

„Sehr gut. Bis gleich."

Zehn Minuten später sah der Kriminalbeamte das ungleiche Gespann die Sanderstraße entlangkommen. Kurz darauf begrüßten sie sich und marschierten weiter zum Ringpark. Trotz der unfreundlichen Temperaturen ließen sie sich auf einer Parkbank unweit der Löwenbrücke nieder. Öchsle hob am einen oder anderen Baum das Bein, dann kam er heran und legte sich neben Rottmann ins Gras.

„Florian, du wolltest mich sprechen. Wie ich dich kenne, hast du einen guten Grund, dies nicht am Telefon zu tun. Also, mein Freund, dann schieß mal los. Ich vermute mal, es hat mit der Sache Farmer zu tun?"

Deichler nickte.

„Du hast ja mitbekommen, dass Pytschykovwsky für die Farmersache eine Nachrichtensperre angeordnet hat."

„Ja, ist sicher auch vernünftig, wenn man nicht alle Gäule scheu machen will."

„Gestern Abend war ich im Frauenland bei Freunden zum Abendessen eingeladen. Da die Familie ein Baby hat, das sie frühs zu sehr unchristlicher Zeit aus den Federn holt, habe ich mich kurz vor 22 Uhr verabschiedet. Ich bin dann durch die Grünanlagen hinter der Regierung in Richtung Stadt gelaufen. Als ich hinter der Peterkirche den Parkplatz vor dem Regierungsgebäude überquerte, bemerkte ich einen Mann, der aus einem Auto ausstieg, das hinter der Peterkirche in einer etwas düstereren Ecke geparkt war. Irgendwie kam er mir bekannt vor. Als der Mann sich vom Fahrzeug entfernte und ein paar Meter weiter in den Lichtkreis einer Straßenlaterne eintrat, erkannte ich, du wirst es nicht glauben, meinen sehr geehrten

Chef. Sein Gang war ziemlich unsicher. Ich tippe auf alkoholbedingte Schlagseite. Normalerweise schnüffle ich meinen Kollegen nicht hinterher. Aber diese Szene wirkte absolut konspirativ. Deshalb blieb ich stehen und betrachtete mir das knallrote Auto etwas genauer. Ich erkannte es und auch den Fahrer, als dieser den Wagen aus der Parklücke herausfuhr. Es handelte sich eindeutig um Schöpf-Kelle. Was sagst du dazu? Wenn ich denke, es bedeutet das, was ich denke, dass es bedeutet, verschlägt es mir die Sprache!"

„Das ist eine Sauerei!", stellte Rottmann nach einer kurzen Pause nachdenklich fest. „Nicht, dass ich wegen Krämer irgendwie enttäuscht wäre. Wahrscheinlich verspricht er sich von dieser Indiskretion irgendeinen Vorteil. Das Problem ist dieser Schöpf-Kelle! Dieser Kerl ist ein Terrier. Wenn er sich einmal in einen Fall verbissen hat, dann lässt er nicht mehr locker. Willst du den Vorfall Pytschykovwsky melden?"

Deichler wirkte unentschlossen. „Krämer wird die Sache abstreiten. Dann steht Aussage gegen Aussage und ich bin irgendwann der Depp, der seinem Chef ans Bein pinkeln will."

Die beiden schwiegen eine Weile. Jeder hing seinen Gedanken nach. Schließlich hatte Erich Rottmann einen Entschluss gefasst.

„Florian, ich werde in dieser Sache selbst einige Ermittlungen anstellen. Schließlich bin ich wieder ordentlicher Kriminalhauptkommissar, wenn auch mit einer Sonderaufgabe. Das hindert mich aber nicht daran, meinen Status zu nutzen, um etwas über die Hintergründe des Überfalls auf Farmer und die mögliche Verbindung zu diesem neuen Auswahlverfahren des Narrenweins herauszufinden."

Plötzlich grinste er seinen ehemaligen Mitarbeiter etwas spitzbübisch an. Der bedachte ihn mit einem fragenden Blick.

„Mir ist nur gerade eingefallen, dass du mir diesmal nicht

sagen kannst, ich solle mich aus den Ermittlungen heraushalten, wie du es sonst immer so gerne machst. Ich bin wieder in Amt und Würden und da ich ranghöher bin, in gewisser Weise auch wieder dein Vorgesetzter!“ Erich Rottmann legte Florian Deichler betont väterlich seine tröstende Hand auf die Schulter. „Ich sehe mit einer gewissen Befriedigung, dass du sprachlos bist.“

Deichler zog die Stirn in Falten. „Mist, daran habe ich überhaupt noch nicht gedacht. Mir bleibt aber auch wirklich nichts erspart.“

Wieder sachlich werdend, fuhr Rottmann fort: „Vielleicht knöpfe ich mir auch einmal diesen Schöpf-Kelle vor. Vor mir hat er vielleicht einen gewissen Respekt und ich schaffe es, ihn für einige Zeit von der Veröffentlichung seiner Weisheiten abzuhalten.

Noch etwas: Ihr bekommt doch sicher eine Information von der Klinik, sobald Farmer aus dem Koma aufwacht. Bitte halte mich diesbezüglich auf dem Laufenden.“

Die beiden gaben sich die Hand und Deichler marschierte in Richtung Polizeidirektion davon. Erich Rottmann blieb noch einen Augenblick sitzen und dachte konzentriert nach. Selbst bei nüchterner Betrachtungsweise war dieser Krämer als sein Nachfolger eigentlich völlig untragbar. Ein Mann, der sich derart von seinem Ehrgeiz antreiben ließ, sollte nicht die Leitungsfunktion in einer so wichtigen Abteilung wie der Mordkommission wahrnehmen. Eigentlich müsste man gegen diesen Typen endlich etwas unternehmen. Da man ihn wieder in den aktiven Dienst versetzt hatte und er praktisch für das Landeskriminalamt tätig war, befand Rottmann sich grundsätzlich in der Lage, gegen seinen Nachfolger vorzugehen. Kopfschüttelnd befand er, dass das im Augenblick sicher keine Priorität hatte. Es war nicht unwahrscheinlich, dass Pytschykovwsky das massiv unprofessionelle Verhalten Krämers auffiel. Er war sich sicher, der LKA-Mann würde dann das Erforderliche tun. Für Erich Rottmann bestand kein Zweifel, Florian Deichler war die einzig richtige Besetzung für diese Position.

Nachdem er seine Gedanken etwas geordnet hatte, erhob er sich ebenfalls und schlenderte mit Öchsle durch die Grünanlagen. Anschließend wandte er sich in Richtung Rosengasse. Irgendwie drückte ihn schon ein wenig das schlechte Gewissen, weil er Elvira Stark einige Zeit nicht mehr angerufen hatte. Sie tat ihm aufrichtig leid. Der Anschlag auf Andy Farmer und der anschließende Verdacht gegen ihre Person hatten sie heftig mitgenommen.

Als Erich Rottmann zu seinem Wohnhaus lief, warf er einen Blick hoch zu Elviras Fenster. Sie wohnte im Nachbargebäude, im obersten Stock, in einer Eigentumswohnung. Offenbar hatte sie auch gerade aus dem Fenster gesehen, denn plötzlich sah er eine Bewegung hinter den Scheiben und es wurde geöffnet. Sie blickte heraus und winkte ihm zu. Selbst auf diese Entfernung konnte Rottmann ihr ernstes Gesicht erkennen. Normalerweise war Elvira eine lebenslustige Frau, die sehr gerne lachte.

Rottmann winkte zurück, dann gab er sich einen Ruck.

„Würde es dir passen, wenn ich mal kurz raufkomme?"

Jetzt lächelte sie. „Sehr gerne! Ich mach schon mal die Tür auf."

Öchsle, der schon zu Rottmanns Haustür vorausgelaufen war, sah seinen Menschen erstaunt an, als Rottmann das Nachbargebäude ansteuerte.

Wie immer, wenn er Elvira besuchte, war er etwas außer Atem, als er das oberste Stockwerk erreichte. Öchsle war mit gewohnter Dynamik vor ihm die Treppen emporgesprungen und längst in Elviras Wohnung, als Rottmann den obersten Treppenabsatz erreichte.

„Komm ruhig rein", hörte er Elvira von drinnen rufen und trat ein. Öchsle kam ihm schmatzend entgegen. Offenbar hatte er schon wieder einmal das obligatorische Wienerchen abgestaubt.

„Schön, Erich, dass du einmal bei mir vorbeischaust. Hast du einen bestimmten Grund? Es läuft gerade ein Kaffee durch die Maschine. Trinkst du einen mit? Setz dich doch." Sie wies auf einen Wohnzimmersessel.

„Na ja, ich hab halt gedacht, ich schau mal vorbei. Ich kann mir vorstellen, dass dich die Geschichte mit Farmer ganz schön mitnimmt. Insbesondere das fiese Verhalten von diesem Wichtigtuer Krämer. Das hat er nur veranstaltet, weil er mich damit treffen wollte. Er weiß ja, dass wir uns … kennen."

Elvira überhörte das leichte Zögern, als er ihr Verhältnis zueinander beschreiben wollte. „Ja, dieser Mann ist wirklich unmöglich. Da gibt man sich alle Mühe, einem Menschen das Leben zu retten, und dann wird man auch noch verhaftet. Weißt du, wie es Herrn Farmer geht? Im Rathaus erfährt man ja gar nichts."

Der Kaffeeduft erfüllte mittlerweile die ganze Wohnung. Elvira holte zwei Tassen aus dem Schrank und stellte sie samt Untertassen auf den Tisch. Während sie in die angrenzende Küche lief, um den Kaffee zu holen, antwortete Rottmann: „Ja, die Nachrichtensperre scheint zu wirken. Bis jetzt war von dem Überfall auf Farmer nichts in der Zeitung gestanden."

Elvira Stark schenkte in beide Tassen ein, setzte die gläserne Kaffeemaschinenkanne auf einem Untersetzer ab und stellte eine Zuckerdose auf den Tisch. Sie wusste, Rottmann trank seinen Kaffee genau wie sie schwarz, allerdings mit reichlich Zucker.

Es trat eine kurze Pause ein, in der sich beide mit dem Inhalt ihrer Tassen beschäftigten. Schließlich stellte Elvira ihm eine Frage, die ihr schon seit Tagen durch den Kopf ging.

„Erich, ich frage mich die ganze Zeit, wieso dieser Petkovski oder wie er heißt dich so respektvoll behandelt hat. Fast könnte man meinen, du wärst in offizieller Mission dort gewesen."

„Pytschykovwsky", korrigierte Rottmann. „Pytschykovwsky heißt der Mann. Er ist ein Beamter des Landeskriminalamts."

„Aha", stellte Elvira fest. Sie sah Rottmann fordernd an. Das war nicht die Beantwortung ihrer Frage.

Erich Rottmann atmete tief durch. „Elvira, ich darf dir keine ausführliche Erklärung geben. Nur so viel: Man hat mich für einen bestimmten Einsatz reaktiviert. Im Augenblick bin ich wieder im Dienst und unterstehe dem Landeskriminalamt. Damit musst du dich im Augenblick leider zufriedengeben." Er nahm einen kräftigen Schluck vom Kaffee. „… und du darfst auch nicht darüber sprechen."

Elvira machte eine besorgte Miene. „Sei mir nicht böse, aber das klingt irgendwie gefährlich. Erich Rottmann, auf was hast du dich da wieder eingelassen?"

„Das ist das Problem mit uns Beamten. Wir haben diesen Status auf Lebenszeit und müssen dafür auch mit den Konsequenzen leben. Aber vielleicht kann ich dich ein wenig beruhigen, die Sache ist nur befristet und wird in wenigen Wochen erledigt sein … und besonders gefährlich ist sie auch nicht."

Ehe Elvira weitere Fragen stellen konnte, klingelte Rottmanns Handy in der Joppentasche. Er sah Elvira entschuldigend an, dann nahm er das Gespräch an. Rottmann lauschte einige Zeit wortlos in den Hörer, dann sagte er: „Verstanden! Ich werde da sein." Das Handy verschwand wieder in seiner Joppentasche.

„Elvira, es tut mir leid, aber ich muss dringend weg. Im Augenblick bin ich nicht ganz freier Herr meiner Zeit. Vielen Dank für den Kaffee. Mach dir keine Sorgen, irgendwann kann ich dir alles erklären.“ Er erhob sich und eilte in Richtung Wohnungstür. Öchsle rannte ihm hinterher. Da blieb Rottmann abrupt stehen und drehte sich noch einmal um.

„Elvira, wäre es zu viel verlangt, wenn ich dich bitten würde, Öchsle für ein paar Stunden bei dir aufzunehmen? Ich muss in eine Besprechung, da kann ich ihn leider nicht mitnehmen.“

„Aber natürlich kann das Hundchen bei mir bleiben.“ Sie lockte Öchsle zu sich und streichelte ihm den Kopf. Da war Rottmann schon an der Tür.

„Pass bloß auf dich auf!“, konnte ihm Elvira noch hinterherrufen, dann fiel die Tür ins Schloss. Sie wusste, diese Mahnung war durchaus angebracht, denn der gute Erich Rottmann war manchmal wagemutiger, als ihm zuträglich war.

Der große Besprechungsraum in der Polizeidirektion war mit zahlreichen herumstehenden Frauen und Männern gefüllt. Er fühlte sich in ihrem Kreis geradezu als Methusalem. Polizeidirektor Pytschykovwsky stand zwischen den beiden Enden des hufeisenförmig aufgestellten Besprechungstisches und beschäftigte sich mit einem Beamer. Der LKA-Beamte hatte Rottmann telefonisch zu dieser Einsatzbesprechung gerufen. Sofort sprang Rottmann die Anwesenheit Krämers ins Auge, der am diagonalen Ende des Tisches saß und mit eiserner Miene vor sich hinstarrte.

Als Pytschykovwsky kurz den Kopf hob, entdeckte er Rottmann.

„Schön, Kollege Rottmann, dass Sie pünktlich sind. Setzen Sie sich vielleicht dorthin, dann sind Sie in meiner Nähe.“ Er wies auf einen Stuhl, der Krämers Sitzplatz genau gegenüberlag, am anderen Schenkel des Hufeisens. Während sich Rottmann zu seinem Platz begab, klatschte Pytschykovwsky in die Hände.

„Meine Damen und Herren, bitte nehmen Sie Platz!"

Es entstand kurze Zeit etwas Unruhe, bis alle Beteiligten einen Stuhl gefunden hatten. Als Ruhe eingekehrt war, eröffnete der Polizeidirektor die Besprechung.

„Meine Damen und Herren, der Grund unseres Treffens ist Ihnen bekannt ..."

Mir eigentlich nicht, dachte Rottmann, aber das wird sich sicher gleich ändern.

„... Wir müssen planen, wie wir bei der Aufzeichnung der Närrischen Weinprobe die Sicherheit der anwesenden Gäste gewährleisten. Eine erschwerende Besonderheit ergibt sich daraus, dass wir möglicherweise mit einem Attentatsversuch rechnen müssen, den es unter allen Umständen zu verhindern gilt. Sie haben alle die schriftlichen Informationen bekommen, die mit dieser Lage zusammenhängen."

Er warf einen Blick auf Rottmann, dann fuhr er fort: „In diesem Zusammenhang darf ich Ihnen Herrn Ersten Kriminalhauptkommissar Erich Rottmann vorstellen. Herr Rottmann war ehemals Leiter der Mordkommission Würzburg und wurde von uns für eine spezielle Aufgabe im Zusammenhang mit der Fernsehsendung reaktiviert."

Die Augen aller Anwesenden richteten sich auf Rottmann, der kurz in die Runde nickte.

„Des Weiteren", fuhr der Einsatzleiter fort, „ist auch der Erste Kriminalhauptkommissar Sebastian Krämer anwesend. Er ist der Nachfolger von Herrn Rottmann im Amt.

Kollege Rottmann, Herr Krämer, die hier anwesenden Beamtinnen und Beamten sind alles Mitarbeiter meiner Abteilung im Landeskriminalamt. Sie werden sich am Tag der Aufzeichnung auf unterschiedliche Weise um die Sicherheit im Weinkeller kümmern."

Allgemeines Begrüßungsnicken begleitete die Worte von Pytschykovwsky. Dieser fuhr fort: „Da die Räumlichkeiten gegenüber den Vorjahren nach wie vor unverändert sind, können wir problemlos auf die bereits vorhandenen Raumpläne zurückgreifen.

Viele von Ihnen, die innerhalb des Stückfasskellers agieren, werden maskiert sein. Entsprechende Kostüme bekommen Sie aus dem Fundus des Bayerischen Rundfunks. Selbstverständlich tragen Sie unter den Kostümen Schutzwesten und führen Ihre Dienstwaffen sowie Pfefferspray mit sich. Sie verteilen sich gleichmäßig entlang der Fässer und mimen Statisten. Dabei wechseln Sie häufig Ihren Standort, wodurch Sie für einen eventuellen Aggressor unberechenbar werden. Für den Zuschauer muss es so aussehen, als würden Sie zum Programm gehören. Jeweils eine oder einer von Ihnen wird sich immer in der Nähe der Landtagspräsidentin, des Bischofs, des Landrats und des Oberbürgermeisters aufhalten. Zwei bleiben ständig im Rücken von Bürgermeister Andy Farmer alias Kriminalhauptkommissar Rottmann. Ja, Sie haben richtig verstanden, Herr Rottmann wird mit entsprechender Maske und Verkleidung die Rolle des verhinderten Herrn Bürgermeisters übernehmen. Die Größe und die Figur kommen ungefähr hin, denn Rest macht die Maskenbildnerin. Herr Rottmann wird ebenfalls eine Schutzweste tragen und bewaffnet sein. Wir werden im Vorfeld der Veranstaltung verbreiten lassen, Herr Farmer hätte eine massive Stimmbandentzündung und könne daher nicht sprechen."

Sebastian Krämer, der die ganze Zeit geschwiegen hatte, hielt es nicht mehr auf dem Stuhl. „Aber Herr Kollege, Sie können doch nicht ernsthaft in Erwägung ziehen, diesem Herrn, der seinen bisherigen Ruhestand in erster Linie mit Leberkäsessen und Schoppentrinken verbracht hat, eine derart verantwortungsvolle Aufgabe zu übertragen. Nach meiner Einschätzung ist er mit seiner bräsigen Gemütlichkeit vielleicht geeignet, einen Stammtisch mit seiner Anwesenheit zu erheitern, aber doch nicht, einen derart wichtigen Polizeieinsatz zu bewältigen, in dem es um das Leben von derart honorigen Persönlichkeiten geht!"

Pytschykovwsky wartete mit eisiger Miene, ob Krämer noch etwas hinzuzufügen hatte, dann erwiderte er: „Geschätzter Kollege Krämer, vielen Dank für Ihren Beitrag. Glauben Sie mir, bevor wir Herrn Rottmann wieder in Dienst gestellt haben, haben wir alle Optionen ausführlich geprüft. Es ist definitiv so, dass Herr Rottmann von seinen beruflichen Qualifikationen, seinem ausgeglichenen Wesen und seinem Äußeren her für diesen Einsatz die Idealbesetzung ist. Was Sie als bräsig bezeichnen, sind aus unserer Sicht ausgewogene Ruhe und Gelassenheit, die bei einem derart gefährlichen Einsatz von größtem Vorteil sind. Aber nachdem Sie sich gerade zu Wort gemeldet haben, kann ich kurz die Rolle darstellen, die Sie in dem ganzen Geschehen wahrnehmen werden: Ihr Dezernat, das ja mit der Aufklärung des Angriffs auf den Herrn Bürgermeister befasst ist, wird Herrn Rottmann über die neuesten Ermittlungen auf dem aktuellen Stand halten und steht ihm, falls er hierfür eine Notwendigkeit sieht, auf Abruf zur Verfügung."

Er warf Krämer einen scharfen Blick zu. „Kann ich davon ausgehen, dass Sie diese Aufgabe mit Motivation und Zuverlässigkeit erledigen werden?"

Krämer war kreidebleich, als er sich wieder auf seinen Stuhl sinken ließ. Rottmann dagegen verzog keine Miene. Um nichts in der Welt hätte er wissen mögen, was im Augenblick im Gehirn seines Amtsnachfolgers vorging. Wieso ging Pytschykovwsky so hart mit ihm um? Konnte er Krämer nur nicht leiden oder hatte Deichler ihm gegenüber irgendeine Andeutung gemacht?

Er musste sich wieder konzentrieren, da der LKA-Beamte zwischenzeitlich den Beamer eingeschaltet hatte und auf der Leinwand Grundrisse und Sitzpläne des Veranstaltungskellers erschienen. Auf diesen Plänen waren die Standorte der technischen Einrichtungen des Bayerischen Rundfunks wie Kameras, Mikrofone und Lautsprecher für das Publikum genau verzeichnet, ebenso die kleine Bühne und der dahinter befindliche Umkleide- und Bereitstellungsbereich der Akteure. Die Sitzplätze der Politikerinnen und Politiker mit Begleitung sowie die des Bischofs und seines Begleiters waren ebenfalls eingezeichnet.

Die Besprechung dauerte noch weitere zwei Stunden, da der LKA-Mann nichts dem Zufall überlassen wollte. Rottmann warf hin und wieder einen verstohlenen Blick auf seine Armbanduhr. Wenn er überlegte, dass er noch seinen Vierbeiner bei Elvira abholen musste, konnte es mit dem abendlichen Stammtisch etwas knapp werden. Hin und wieder streifte sein Blick seinen Kontrahenten, der mit versteinerter Miene dem Geschehen folgte. Er war sich sicher, wenn dessen Augen Feuer speien könnten, wäre er nur noch Asche. Die Unterstützung, die er von diesem Herrn zu erwarten hatte, konnte er sich gut vorstellen. Besser, er benötigte sie nicht. Rottmann war sich sicher, dass das Problem Krämer in naher Zukunft gelöst werden musste. Den Versuch Krämers, ihn über die Anschuldigung gegen Elvira Stark zu treffen, betrachtete er als widerliche Feigheit und er nahm dieses Verhalten ausgesprochen persönlich. Rottmann war sich sicher, diesmal war ein Showdown unausweichlich.

Am Ende der Besprechung kündigte der Einsatzleiter ein weiteres Treffen an, bei dem dann zusammen mit den Verantwortlichen des Bayerischen Rundfunks und des Weinkellers die Details der polizeilichen Maßnahmen besprochen werden sollten.

Würzburg, Mittwoch, den 2. November

Elvira Stark betrachtete sich selbst nicht als ängstliche Person. Seit dem Vorfall im Büro des Bürgermeisters vor nicht einmal einer Woche empfand sie jedoch beim Betreten ihrer Arbeitsstelle immer ein etwas mulmiges Gefühl, eine Art Beklommenheit, die ihr die Freude an ihrer Tätigkeit verdarb. Sie ertappte sich dabei, sich Gedanken darüber zu machen, auf welchem Stockwerk ihre anderen Kolleginnen gerade tätig waren. Es hatte etwas Beruhigendes, zu wissen, dass man im Notfall Hilfe herbeirufen könne. Heute würde Elvira relativ spät auf ihr eigentliches Stockwerk kommen, da sie für eine andere Kollegin Vertretung machte. Als sie ungefähr eine Stunde später als sonst mit ihrem Reinigungswagen den Aufzug verließ, sah sie durch das nächstgelegene Fenster, dass draußen bereits Dunkelheit herrschte.

Wie immer begann sie mit ihren Reinigungsarbeiten im Sekretariat des Oberbürgermeisters, das sich am Anfang des Flures befand. Systematisch arbeitete sie sich dann von Zimmer zu Zimmer weiter, bis sie schließlich am Ende des Flures das Büro von Andy Farmer erreichte. Die Stille nach Dienstschluss in dem großen Bürogebäude, in dem es normalerweise wie in einem Bienenstock summte, fiel ihr seit dem Ereignis besonders auf. Unwillkürlich begann sie, laut einen aktuellen Schlager vor sich hin zu trällern. Jetzt musste sie doch über sich selbst lächeln. Das war wohl das berühmte Pfeifen im Walde. Vor dem Büro von Farmer überlegte sie kurz, ob sie überhaupt reingehen sollte, da der Bürgermeister ja bereits seit Tagen nicht mehr anwesend war und daher wohl kaum

Schmutz entstanden sein dürfte. Schließlich gab sie sich einen Ruck und steckte den Schlüssel ins Schloss. Sie schalt sich eine Memme, die nur vermeiden wollte, wieder den Tatort zu betreten, wo sie mit den damit verbundenen bedrückenden Bildern, die dadurch in ihrem Kopf wachgerufen wurden, konfrontiert würde.

Sie trat ein und betätigte den Lichtschalter neben der Tür. Zwei Neonleuchten sprangen an und tauchten den Raum in grelles Licht. Unwillkürlich glitt ihr Blick zu der Stelle, an der sie Andy Farmer am Boden liegend aufgefunden hatte. Sie war der Kollegin sehr dankbar, die an den Tagen, an denen sie zu Hause geblieben war, das Blut des Bürgermeisters weggewischt hatte. Sie riss sich aus ihren Gedanken, griff sich den Staublappen und wischte über die glatte Oberfläche des Schreibtisches. Dabei verschob sie die lederne Schreibunterlage. Sie stutzte etwas, als darunter die Ecke eines beigemarmorierten Schriftstücks hervorspitzte. Da Farmer normalerweise unter seiner Schreibunterlage nichts aufbewahrte, hob sie sie zur Seite. In dicken Lettern prangte auf dem DIN-A4-Papier der Schriftzug „Urkunde". In diesem Dokument wurde bekundet, dass der Müller-Thurgau des Weinguts Runkelbauer aus Maindorf in der Närrischen Weinprobe als Narrenwein auserwählt worden war. Unterzeichnet von den Präsidenten des Weinbau- und Fastnachtsverbands sowie Andy Farmer. Elvira war wie elektrisiert! Dies war mit Sicherheit die Urkunde, die Farmer am Tag des Überfalls gesucht hatte. Sie war sich aber sicher, dass sie bei der Suche nach dem Schriftstück auch unter die Schreibunterlage gesehen hatte. Während sie darüber nachdachte, was sie jetzt unternehmen sollte, fuhr sie mit ihrem Staublappen über die schwarze altmodische Schreibtischlampe Farmers. Ein altes Teil weit aus dem vorigen Jahrhundert, von dem sich der Bürgermeister, aus welchen Gründen auch immer, nicht trennen wollte. Plötzlich stutzte sie. Der Lampenschirm war warm, um nicht zu sagen fast heiß. Dies bedeutete aber, dass die Lampe gerade eben noch gebrannt haben musste. Sie wurde noch mit einer alten Glühbirne betrieben, die das Metall des Schirms schon nach kurzer Betriebszeit stark erhitzte. Nach ihrer Erfahrung dauerte es mehrere Minuten, ehe man die Lampe anfassen konnte, ohne sich zu verbrennen. Ein leiser Schauer lief ihr den Rücken hinunter. Das bedeutete doch, hier musste vor einigen Minuten jemand im Zimmer gewesen sein und diese Schreibtischlampe einige Zeit angeschaltet gelassen haben. Sie war aber schon seit mehr als einer halben Stunde in den Zimmern dieses Stockwerks unterwegs. Sie war sich absolut sicher, dass in dieser Zeit niemand auf dem Flur vorbeigegangen war. Ihr prüfender Blick fiel auf die Tür zum Vorzimmer des Bürgermeisters. Diesen Weg hatte seinerzeit auch der Täter genommen, der Farmer niederschlug. Sollte auch jetzt …? Das war für sie ganz einfach zu viel. Sie flüchtete aus dem Raum in die Damentoilette schräg gegenüber. Elvira zog das Handy heraus, das sie in ihrer Kittelschürze mit sich trug. Mit zittrigen Fingern wählte sie die Nummer von Erich Rottmann. Nach mehrmaligem Läuten nahm er ab. Am Geräuschpegel konnte sie erkennen, dass er sich offensichtlich beim Stammtisch befand. Als er sie erkannte, erklärte er, in die Gasse vor dem *Maulaffenbäck* gehen zu wollen, damit er sie besser verstehen konnte. Dabei hielt er die Verbindung. Rottmann war durch den Anruf sehr beunruhigt, da Elvira ihn normalerweise beim Stammtisch niemals angerufen hätte, wenn es dafür nicht einen triftigen Grund gab.

„Elvira, was ist los?“, fragte er knapp.

„Erich, es tut mir wirklich sehr leid, dass ich dich beim Stammtisch störe, aber hier ist etwas passiert, was mir Angst macht.“

„Wo bist du denn?“

„Ich bin noch immer im Rathaus bei der Arbeit. Ich habe Vertretung für eine Kollegin, daher ist es etwas später geworden. Zuletzt war ich jetzt im Büro von Bürgermeister Farmer und da ist etwas ganz Merkwürdiges geschehen.“

„Was ist denn passiert?“

„Erich, ich weiß, dass es viel verlangt ist, aber könntest du bitte herkommen? Ich habe mich im Augenblick gerade in der Damentoilette eingeschlossen.“

Rottmanns Begeisterung hielt sich zwar in Grenzen, aber nachdem Elvira vor kurzem dieses traumatische Erlebnis gehabt hatte, wollte er sie mit ihren Ängsten nicht alleine lassen. Elvira benötigte sicher nur das Gefühl, nicht alleine zu sein.

„In Ordnung, ich werde in knapp zehn Minuten am Eingang am Vierröhrenbrunnen sein. Bleibe solange in der Toilette, wenn ich da bin, rufe ich dich an, dann musst du halt schnell runterspringen und mir die Tür öffnen. Schaffst du das?“

Elvira bejahte. Rottmann eilte in die Weinstube zurück, bezahlte am Tresen bei Anni seine Zeche, dann verabschiedete er sich bei seinen verwundert dreinblickenden Stammtischbrüdern, rief Öchsle und eilte in Richtung Rathaus.

Elvira war sichtlich erleichtert. Öchsles freudige Begrüßung beachtete sie kaum.

„Erich, ich komme mir jetzt richtig blöde vor. Da reiße ich dich von deinem Stammtisch weg, nur weil mir irgendwelche Hirngespinste durch den Kopf gehen.“

„Elvira, jetzt mach dich nicht verrückt, erzähl mir lieber, was los ist.“

Auf dem Weg zu Farmers Büro berichtete sie ihm von der gefundenen Urkunde und von dem heißen Lampenschirm.

Rottmann sah sich im Dienstzimmer, das er von früheren Besuchen bei Farmer kannte, aufmerksam um. Vorsichtig berührte er den Lampenschirm, der jetzt natürlich weitgehend abgekühlt war, und betrat auch das Vorzimmer des Bürgermeisters. Auch hier kein Hinweis auf das Eindringen einer fremden Person. Die Tür zum Flur war ordnungsgemäß abgeschlossen. Beim Betrachten der Urkunde ließ er sich Zeit.

„Du hast sie angefasst?"

„Ja, ich hab Staub gewischt, dabei hat sie unter der Schreibunterlage hervorgeschaut. Ich habe sie in die Hand genommen, weil ich wissen wollte, was das für ein Papier ist, da Andy Farmer dort niemals etwas verwahrt. Schon gar keine Urkunde!"

„Schau bitte mal, ob du hier eine Klarsichthülle findest. Diese Urkunde ist hiermit beschlagnahmt. Ich lasse sie morgen auf Fingerabdrücke untersuchen. Deine Abdrücke haben wir ja noch von der Untersuchung der Statue vom Überfall, so dass wir sie ausschließen können."

Elvira öffnete einige Schubladen eines beigestellten Rollcontainers und wurde fündig. Rottmann schob mit einem Brieföffner das Dokument in die Klarsichthülle, ohne es dabei zu berühren.

„Ich schlage vor, du machst für heute hier Schluss. Öchsle und ich werden dich nach Hause begleiten."

„Um Gottes willen, Erich, das möchte ich nicht. Du kannst doch noch einmal zu deinem Stammtisch zurückkehren."

Rottmann machte eine wegwerfende Handbewegung. „Kein Problem. Ich bin heute etwas müde und wollte sowieso nicht zu lange bleiben."

Nachdem Elvira ihr Arbeitsequipment ordnungsgemäß verstaut hatte, brachten Rottmann und Öchsle sie bis zur Haustür. Sie bedankte sich überschwänglich. Ein Angebot, noch auf einen Schoppen mit nach oben zu kommen, lehnte Rottmann allerdings freundlich, aber bestimmt ab. Nachdem Elvira hinter ihrer Haustür verschwunden war, ging Rottmann ohne große Eile zu seinem Haus. Da gab Öchsle ein leises Knurren von sich.

„Danke, aber ich habe es auch schon bemerkt", flüsterte Rottmann und schloss die Haustür auf. Er ging hinein, ließ die Tür vernehmlich ins Schloss fallen und schaltete das Treppenhauslicht ein. Dann wartete er, bis das Licht automatisch ausging.

„So, jetzt aber keinen Mucks!" Ganz vorsichtig öffnete er die Tür wieder einen kleinen Spalt, so dass er auf die Straße spähen konnte. Seine Geduld wurde auf keine harte Probe gestellt.

Am späten Nachmittag des gleichen Tages

Schöpf-Kelle saß im ersten Stock des italienischen Restaurants *Fontana* gegenüber dem Grafeneckart und beobachtete den Eingangsbereich des Rathauses in der Nähe des Vierröhrenbrunnens. Er beanspruchte den Platz am Fenster jetzt schon seit mehr als zwei Stunden. Mittlerweile hatte er sämtliche Warmgetränke, die auf der Getränkekarte angeboten wurden, vom Cappuccino über Latte macchiato bis hin zu mehreren doppelten Espressos, durch und überlegte, ob er seinen Magen nicht mithilfe eines Campari wieder etwas in Ordnung bringen sollte. Der Ober wunderte sich schon längere Zeit über diesen seltsamen Gast, der offenbar völlig fasziniert war von der Fassade des alten Gebäudes gegenüber. Solange der Mann aber Zeche machte und sich nicht nur aufwärmte, war ihm das egal.

Schöpf-Kelle harrte natürlich mit gutem Grund hier aus. Sein Informant hatte ihm gesagt, Elvira Stark, eine der Reinemachefrauen des Rathauses, sei in die Sache mit Farmer verstrickt. Der Reporter wusste um das Bekanntschaftsverhältnis der Frau zu dem ehemaligen Leiter der Mordkommission, obwohl er es nicht richtig einordnen konnte. Er wollte aus ihr einige Details herausquetschen, die seine Story authentischer werden ließen. Problematisch war nur, den geeigneten Moment und den richtigen Ort zu finden. Schöpf-Kelle hatte sich die Zeit genommen und war ihr aus sicherer Entfernung von zu Hause bis zu ihrem Arbeitsplatz gefolgt. Rottmann durfte auf keinen Fall mitbekommen, dass er Elvira Stark observierte. Einige frühere, höchst unangenehme Zusammenstöße mit dem Mann waren ihm noch gut in Erinnerung.

Seitdem saß er hier und wartete.

Etwa vor einer halben Stunde gab es einen Moment, der ihm den Blutdruck in die Höhe trieb. Plötzlich war ebendieser Rottmann aufgetaucht und im Eingang des Rathauses verschwunden. Was hatte dies zu bedeuten? Er konnte sich nicht vorstellen, dass die beiden hier im Rathaus ein Tête-à-Tête hatten. Folglich musste dieses Treffen einen anderen Grund haben. Trotz der Straßenbeleuchtung war die Sicht aus dem hellen Raum auf den wesentlich dunkleren Platz nicht mehr optimal. Schöpf-Kelle zahlte, dann verließ er das *Fontana* und lehnte sich im Zufahrtsbereich der Alten Mainbrücke gegen ein Geländer. Von hier aus konnte er den Vierröhrenbrunnen wieder bestens im Auge behalten. Er befand sich hier zwar auf dem Präsentierteller, würde aber zu verhindern wissen, dass man ihn sah.

Er hatte seine neue Position gerade wenige Minuten eingenommen, als die Reinemachefrau und Erich Rottmann den Grafeneckart verließen. Die beiden liefen einträchtig in Richtung Sanderstraße nebeneinanderher. Schöpf-Kelle gab ihnen ausreichend Vorsprung, dann stieß er sich vom Geländer ab und folgte ihnen. Er musste nur aufpassen, dass er den Abstand weit genug hielt, damit ihn Rottmanns Hund nicht bemerkte. Auch mit dem Rüden hatte er gelegentlich disharmonische Begegnungen gehabt.

Rottmann und Elvira schlugen schnurstracks den Weg zur Rosengasse ein. Selbstverständlich wusste Schöpf-Kelle, wo der Exkommissar wohnte. Den Wohnsitz von Elvira Stark kannte er bis jetzt noch nicht. Möglicherweise lebten die beiden zusammen. Dies hätte seine Planung allerdings erheblich erschwert.

Nachdem die Verfolgten in der Rosengasse verschwunden waren, bog auch der Reporter um die Ecke. Er beobachtete, wie sie sich voneinander verabschiedeten. Nachdem Elvira Stark hinter ihrer Haustür verschwunden war, schlenderte Rottmann zum Nachbargebäude, das er mitsamt dem Hund betrat. Nachdem das Licht im Treppenhaus erloschen war, löste sich der Reporter von der dunklen Hauswand und pirschte sich langsam die Gasse entlang. Er wollte sich ganz einfach versichern, dass Elvira Stark tatsächlich in diesem Gebäude wohnte. Wahrscheinlich war es am besten, sie einfach einmal zu Hause zu besuchen. Im vertrauten heimischen Umfeld waren Menschen oftmals gesprächiger als beispielsweise in einem Café. Am Eingang zückte er seine kleine Kugelschreibertaschenlampe, die ihm schon oft gute Dienste geleistet hatte, und ließ den winzigen Lichtkegel über das Klingelfeld huschen. Auf dem obersten Messingschild stand gut lesbar „E. Stark". Zufrieden knipste Schöpf-Kelle das Licht aus, drehte sich um und wollte sich in Richtung Sanderstraße entfernen. Wie gesagt, er wollte. Weit kam er nicht, da unvermittelt von der Seite ein deutliches Knurren zu vernehmen war.

So ein verdammter Mist, dachte Schöpf-Kelle, der sich schon denken konnte, wer die Ursache dieses unfreundlichen Geräusches war. Hatte ihn der raffinierte alte Fuchs also doch bemerkt!

Erich Rottmann trat aus der Dunkelheit des Treppenhauses und vertrat Schöpf-Kelle den Weg. Öchsle stand mit gefletschten Zähnen neben ihm und zeigte deutlich seine Abneigung. Der tiefen Stimme Rottmanns hätte es nicht mehr bedurft, um zu wissen, was ihm blühte.

„Mein Herr, Sie wurden dabei beobachtet, wie Sie friedliche Bürger dieser Stadt bis zu ihren Wohnungen verfolgten. Ich bin Kriminalbeamter. Stalking ist ein Straftatbestand. Darf ich bitte Ihre Ausweispapiere sehen!"

„Aber Herr Rottmann, Sie kennen mich doch! Was soll denn der Unsinn? Sie behindern hier ein Mitglied der unabhängigen Presse bei der Arbeit!"

„Hier in dieser dunklen Gasse erkenne ich niemanden", entgegnete Rottmann scharf. „Also los, her mit den Papieren! Oder leisten Sie Widerstand gegen Polizeibeamte? In diesem Falle müsste ich die Kollegen verständigen."

Zähneknirschend zuckte Schöpf-Kelle sein Portmonee und entnahm ihm Personal- und Presseausweis. Obwohl er in der düsteren Gasse kaum etwas erkennen konnte, tat Rottmann so, als würde er die Papiere gründlich prüfen.

„Herr Schöpf-Kelle, darf ich Sie fragen, wieso Sie meiner Begleiterin und mir hierher gefolgt sind?"

„Ich bin Ihnen nicht gefolgt. Unser Treffen hier ist reiner Zufall. Wie ich Ihnen schon sagte, recherchiere ich für einen Artikel. Darf ich jetzt wieder um meine Papiere bitten?"

Erich Rottmann übergab ihm die Ausweise, dazu erklärte er: „Freie Presse hin oder her, wenn ich Sie noch einmal dabei erwische, dass Sie meiner Begleiterin oder mir nachschnüffeln, werde ich unangenehm. – Sie können jetzt gehen."

Öchsle bemerkte den friedlichen Verlauf des Gesprächs und beruhigte sich wieder. Schöpf-Kelle steckte die Papiere ein, dann drehte er sich wortlos um und stiefelte in Richtung Sanderstraße davon.

Erich Rottmann sah ihm nach, bis er um die Ecke verschwunden war. Unter normalen Umständen hätte sich der Reporter gegen eine Personenkontrolle von ihm heftig gewehrt. Er musste ja eigentlich davon ausgehen, dass Rottmann als Pensionist gar nicht befugt war, eine derartige Personenkontrolle vorzunehmen. Es konnte nicht anders sein, als dass er wusste, dass er wieder im aktiven Dienst war und über entsprechende Rechte verfügte. Deichler hatte also recht gehabt, Krämer hatte diese Informationen an Schöpf-Kelle durchgestochen. Rottmann gab ein ärgerliches Knurren von sich, dann schloss er seine Haustür erneut auf und betrat nun endgültig zusammen mit Öchsle seine Wohnung.

Maindorf, am Abend des 2. Novembers

Die Winzer Seelmann und Manger saßen im Weinkeller Seelmanns, des Älteren der beiden. Ein Platz, an dem sie sich ungestört unterhalten konnten. Die beiden waren sauer. Stinksauer! So wie zahlreiche andere Winzer in Maindorf auch. Nur diese zwei waren entschlossen, gegen ihre existenzielle Bedrohung vorzugehen.

„Schau dir doch diese Bande von Feiglingen an! Hinter vorgehaltener Hand fluchen sie wie die Viehhändler, wenn's aber drauf ankommt, haben sie keinen Arsch in der Hose!" Manger war etwas cholerisch und bekam schnell einen roten Kopf.

„Beruhig dich", besänftigte ihn Seelmann. „Wir kommen auch alleine klar. Hast du irgendwas gemerkt, dass deine E-Mail was genützt hat? Ich hab halt immer Angst, dass die Polizei rausbekommt, von wem sie stammt."

„Da bin ich ziemlich sicher, dass das nicht der Fall sein wird. Ich hab da einen wirklich guten Kumpel an der Hand, der mir noch was schuldet. Der ist in der IT-Branche beschäftigt und in seiner Freizeit Mitglied im Chaoten-Computer-Club. Der hat irgendeinen Server gehackt und die Mail von dort aus verschickt. Er hat mir versichert, wenn man sie zurückverfolgt, landet man irgendwo im Nirwana. So genau wollte ich das gar nicht wissen.

Aber was deine Frage betrifft, irgendeine Reaktion auf diese Mail hat es bis jetzt noch nicht gegeben. Komischerweise stand auch nichts in der Zeitung."

„Das Problem ist, wir haben niemanden, der im Organisationsteam für die Närrische Weinprobe tätig ist." Er griff nach dem Probierglas, das vor ihm stand. Er hatte ihnen beiden eine Probe seines letztjährigen Spitzensilvaners eingeschenkt. Manger hob ebenfalls sein Glas und die beiden stießen an.

„Das ist halt ein Tropfen, der es hundertmal eher verdient hätte, als Narrenwein prämiert zu werden, als diese Plörre, die der Runkelbauer den Menschen als Frankenwein unterjubeln will."

Die Buschtrommeln hatten im Dorf schon seit längerer Zeit verkündet, dass der Runkelbauer als Winzer gewissermaßen auf dem letzten Loch pfiff. Jeder wunderte sich, als der Winzer eines Tages damit anfing, seinen Betrieb zu modernisieren, beispielsweise indem er große Edelstahltanks anschaffte. Da kam gleich der Verdacht auf, Runkelbauer würde Fremdwein einlagern. Der Winzer erklärte jedem, der ihm zuhörte, er würde für andere Winzer, die nicht über genügend Tankkapazität verfügen würden, seine Tanks gewissermaßen vermieten. Bis zu einem gewissen Grad klang dies glaubwürdig. Bis eines nachts Seelmann, der Jäger war und von einem Ansitz auf Wildschweine nach Hause kam, einen riesigen Tankwagen bemerkte, der bei Runkelbauer auf den Hof fuhr. Er hatte sich angeschlichen und das Abpumpen beobachtet. Mit Erstaunen hatte er zur Kenntnis genommen, dass es sich bei dem Lieferanten um eine offenbar chinesische Spedition aus Frankfurt handelte. Er erzählte dies noch am gleichen Tag seinem jüngeren Kollegen, und da beide nicht auf den Kopf gefallen waren, zählten sie eins und eins zusammen und kamen zu dem Ergebnis: Hier wurde alles abgepumpt, nur kein Wein aus Franken.

Sie erfuhren natürlich von der Ausschreibung, anlässlich derer sich mainfränkische Winzer bewerben konnten, um einen ihrer letztjährigen Spitzenweine als Narrenwein prämieren zu lassen. Runkelbauers Ehefrau erzählte stolz im Kreis der Landfrauen, dass ihr Müller-Thurgau unter den zehn ersten der eingereichten Weine gelandet war und daher am Auswahlverfahren teilnahm. Aus der Sicht der beiden Winzer war das der Gipfel der Unverfrorenheit und sie beschlossen, etwas dagegen zu unternehmen. Da sie ihre Theorie nicht beweisen konnten, beschlossen sie, die Närrische Weinprobe zu verhindern. Sie hatten natürlich keine Ahnung, mit welchen Mächten sie sich da anlegten. Folglich wussten sie auch nicht, dass sie wegen ihrer Drohmail von den Ermittlungsbehörden in einen Topf mit den Verursachern des Attentats auf Andy Farmer geworfen wurden.

Seelmann setzte sein Glas wieder ab und rieb sich nachdenklich seine ausgeprägte Nase.

„Seit Tagen denke ich immer wieder darüber nach. Eigentlich bräuchten wir irgendeinen Kontakt nach Würzburg. Damit wir wissen, ob unsere Aktion etwas nützt. Wir hängen hier völlig in der Luft."

Manger nickte zustimmend. „Aber wie sollen wir das anstellen? Wir können ja schlecht den Eventmanager des staatlichen Hofkellers fragen."

Die beiden saßen noch einige Zeit zusammen, kamen aber auch nach mehreren Schoppen zu keinem vernünftigen Ergebnis.

Würzburg, Donnerstag, den 3. November

Erich Rottmann betrat kurz vor 10 Uhr die Diensträume der Mordkommission. Der Schreibtisch von Deichler war nicht besetzt. Anscheinend war er gerade im Haus unterwegs, andernfalls hätte er sein Büro abgeschlossen. Rottmann überlegte kurz, dann sagte er zu Öchsle: „Bleib schön hier, das Herrchen kommt gleich wieder.“ Dabei wies er auf eine Fußmatte, die unter Deichlers Schreibtisch lag. Der Rüde sah ihn kurz an, dann rollte er sich auf den ihm zugewiesenen Platz zusammen.

Rottmann wandte sich um und klopfte an die Tür zu Krämers Zimmer. Das kurze „Herein!“ war weder freundlich noch einladend. Rottmann ignorierte das.

Als Krämer, der an seinem Schreibtisch saß und in irgendwelchen Papieren blätterte, Rottmann eintreten sah, wandelte sich seine Miene in pure Ablehnung.

„Ja“, bellte er und machte keinerlei Anstalten, Rottmann einen Platz anzubieten. Der fackelte nicht lange, ließ sich auf dem Besucherstuhl vor dem Schreibtisch nieder und legte die Klarsichthülle mit der Urkunde, die Elvira gestern in Farmers Büro gefunden hatte, vor Krämer auf den Tisch.

Der Kommissariatsleiter musterte das Dokument kurz, dann fragte er: „Was soll ich damit?“

„Diese Urkunde habe ich gestern im Dienstzimmer von Bürgermeister Farmer sichergestellt. Es dürfte die Urkunde sein, nach der Farmer mit Unterstützung von Frau Stark gesucht hat. Lassen Sie sie bitte von der Kriminaltechnik auf Fingerabdrücke untersuchen. Es sind auf jeden Fall Abdrücke von

Frau Stark darauf zu finden, die das Dokument beim Saubermachen gefunden hat. Machen Sie bitte Druck, ich hätte das Ergebnis gern bis morgen."

„Was bilden Sie sich eigentlich ein?", wurde Krämer laut. „Ich bin doch nicht Ihr Lakai! Sie kommen hier hereingeschneit und präsentieren mir ein Beweisstück, das diese Putzfrau angeblich jetzt erst gefunden hat. Das stinkt doch zum Himmel! Sie nehmen eine Frau in Schutz, die meines Erachtens in diesen Fall bis zur Halskrause verstrickt ist. Wenn ich auch nur den Hauch eines Beweises finde, dann ist sie dran! Und Sie mit ihr! Dass Strafvereitelung eine Straftat ist, dürfte selbst Ihnen nicht unbekannt sein."

Rottmann ließ diesen Wutausbruch an sich abprallen. Wenn er innerlich auch kochte, gab er das seinem Gegenüber nicht zu erkennen. Auf die Anschuldigungen des Mannes ging er überhaupt nicht ein.

„Werter Herr Kollege, Sie befinden sich in der zugegebenermaßen nicht sehr komfortablen Situation, dass ich Ihnen gegenüber im Augenblick weisungsbefugt bin. Sie werden daher diese Urkunde umgehend untersuchen lassen und mir anschließend das Ergebnis mitteilen. Sollten Sie sich diesbezüglich auch nur die geringste Nachlässigkeit zuschulden kommen lassen, wird dies dienstrechtliche Folgen für Sie haben. Was Ihr Verhalten und Ihre Unterstellungen mir gegenüber und Ihre Anschuldigungen gegen Frau Stark betrifft, werden wir uns zur gegebenen Zeit noch einmal darüber unterhalten."

Rottmann erhob sich und verließ grußlos das Dienstzimmer. Deichler saß mittlerweile wieder an seinem Schreibtisch und bekam große Augen, als er seinen ehemaligen Chef aus Krämers Büro kommen sah.

„Ich habe mich schon gewundert, was Öchsle so alleine hier sollte. Du warst in der Höhle des Löwen?"

Rottmann lächelte. „Eher ein zahnloser Tiger, würde ich sagen." Dann berichtete er seinem ehemaligen Mitarbeiter von der Urkunde und dem Auftrag, den er Krämer erteilt hatte.

„Da hat er doch sicher Gift und Galle gespuckt. Du bist für ihn ein rotes Tuch, roter könnte es gar nicht sein. Du musst ein bisschen aufpassen, der Mann ist wie eine giftige Kobra. Zurzeit sehr gereizt, und es ist schwer einschätzbar, wann er zubeißt. Wenn er irgendeine Chance sieht, befürchte ich, wird er wieder auf Elvira Stark losgehen."

Rottmann machte eine abschätzige Handbewegung. „Das werde ich zu verhindern wissen. Aber jetzt haben wir erst einmal einen Fall zu erledigen. Wenn das alles herum ist, werde ich mich des Herrn Kollegen annehmen. Darauf kannst du Gift nehmen, um im Bild zu bleiben. Tu mir bitte den Gefallen und achte darauf, dass er die Urkunde umgehend untersuchen lässt, und teile mir dann gleich das Ergebnis mit."

„Geht in Ordnung, Chef!", erwiderte Deichler und deutete einen militärischen Gruß an.

„Du Spinner!", entgegnete Rottmann leicht grinsend, rief Öchsle und verließ die Direktion. Wieder auf der Straße, entschloss er sich, mit Öchsle hinunter in die kleine Grünanlage in der Nähe der *Mainkuh* zu gehen, damit sich der Rüde noch einmal erleichtern konnte.

Nachdem Öchsle an verschiedenen Bäumen ausgiebig sein Bein gehoben hatte, drehte Rottmann wieder um und machte sich auf den Weg zum Stammtisch. Er freute sich jetzt auf einen frischen Silvaner, mit dem er den Ärger mit Krämer hinunterspülen konnte.

Die Stammtischbrüder hatten es mittlerweile aufgegeben, herauszufinden, welches Geheimnis ihnen Erich Rottmann im Augenblick vorenthielt. Zu gegebener Zeit würde er sie schon informieren.

Zur gleichen Zeit andernorts in Würzburg

Das kurze Klopfen an die Tür seines Rechtsanwaltsbüros riss ihn aus dem Studium der Akte, in die er sich gerade vertieft hatte. Auf seine Aufforderung hin trat seine Sekretärin ein und schloss die Tür hinter sich.

„Draußen steht ein Herr Runkelbauer und wünscht den Herrn Präsidenten zu sprechen. Ich nehme einmal an, dass er Sie damit meint. Er hat allerdings keinen Termin und Sie müssen in einer Dreiviertelstunde bei Gericht sein. Kann ich ihn trotzdem vorlassen oder …?" Sie machte eine Handbewegung, als würde sie jemanden zur Tür hinausschieben.

Der Präsident überlegte einen Augenblick, dann klappte er den Aktendeckel zu. „Schicken Sie ihn rein!"

Einen Augenblick später betrat Runkelbauer das geräumige Büro. Der Präsident erhob sich, kam hinter seinem Schreibtisch hervor und begrüßte ihn mit Handschlag.

„Was ist passiert? Es wird ja wohl einen triftigen Grund haben, wenn Sie in meine Kanzlei kommen. Wir hatten ja eigentlich ausgemacht: persönliche Kontakte nur, wenn sie vorher abgesprochen sind." Mit einer Handbewegung bot er seinem Besucher einen Platz an dem großen Besprechungstisch in der Ecke seines Büros an. Selbstverständlich hatte er die ernste Miene Runkelbauers zur Kenntnis genommen und rechnete mit einer unangenehmen Nachricht.

„Ich habe vom Weinbaupräsidenten höchstpersönlich ein Schreiben bekommen, in dem er mich einlädt, bei der Närrischen Weinprobe sein Gast zu sein."

„Schön, aber das dürften alle anderen Teilnehmer auch bekommen haben. Schließlich weiß von den teilnehmenden Weingütern keines, welches gewonnen hat. Die wissen ja nicht, was wir wissen." Runkelbauer nickte. „Wollte ich auch nur erwähnt haben. Der Grund meines Besuches ist ein anderer: Es könnte Ärger geben!"

Der Präsident zog die Augenbrauen in die Höhe. „Jetzt reden Sie schon!"

„Bei uns im Dorf gibt es Gerede. Meine Frau war gestern Abend beim Landfrauenstammtisch. Irgendwann musste sie zur Toilette. Nach ihr kamen zwei Frauen rein, die sich beim Händewaschen unterhalten haben. Sie haben meine Renate in einer der hinteren Kabinen nicht bemerkt. Die eine war die Frau von Ewald Seelmann, einem Winzer aus unserem Dorf. Sie hat der anderen erzählt, ihr Mann habe den Verdacht, der Runkelbauer, also ich, würde krumme Dinger drehen. Ich hätte mich jetzt sogar mit einem Müller-Thurgau um die Nominierung zum Narrenwein im Rahmen der Närrischen Weinprobe beworben. Ihr Mann und sein Nachbar hätten jetzt massive Schritte unternommen, um etwas dagegen zu unternehmen. Zur Not würden sie sogar die Fernsehsendung platzen lassen." Er machte eine kurze Pause, dann fuhr er fort: „Sie wissen, dass es Möglichkeiten gibt, die Herkunft von Weinen festzustellen? Erst kürzlich war darüber ein größerer Artikel im Winzerblatt gestanden."

Der Präsident trommelte mit den Fingerspitzen auf der Tischplatte herum. Zeichen seiner inneren Anspannung.

„Das stimmt, aber das ist wissenschaftlich noch sehr aufwändig. Ohne begründeten Verdacht macht da keiner was. Wie kann es sein, dass Informationen über unseren Deal nach außen gedrungen sind? Von mir hat auf jeden Fall niemand etwas erfahren und die Chinesen sind fern."

Runkelbauer hob resignierend die Hände. „Maindorf ist eine kleine Gemeinde. Da passt jeder auf jeden auf, das lässt sich gar nicht vermeiden. Allein die Tatsache, dass ich Edelstahltanks angeschafft habe, hat zu Tuscheleien geführt. Vielleicht hat es auch irgendjemand mitbekommen, als der Tankwagen bei mir auf den Hof fuhr. – Ich weiß es nicht."

Der Präsident erhob sich und drückte auf den Sprechknopf seiner Gegensprechanlage, die ihn mit seinem Sekretariat verband: „Simone, bitte bringen Sie uns zwei Tassen Kaffee. Dankeschön."

Er ging an seinen Platz zurück und musterte sein Gegenüber. „Eine Untersuchung des Weins ist, soweit ich weiß, nicht ganz einfach. Auf jeden Fall benötigt man eine gewisse Menge davon. Da der Müller-Thurgau bis jetzt noch nicht verkauft wurde, wird es, für wen auch immer, nicht ganz einfach sein, sich eine entsprechende Probe zu beschaffen."

Es klopfte an der Tür und Simone kam mit einem Tablett mit zwei Tassen Kaffee, Zucker und Kaffeesahne herein. Auf einem kleinen Teller lagen verschiedene Kekse. Sie stellte das Tablett ab.

„Danke, Simone, wir bedienen uns selbst."

Nachdem die junge Frau wieder gegangen war, erklärte der Präsident: „Sie müssen auf jeden Fall dafür sorgen, dass bis zur Ausstrahlung der Närrischen Weinprobe und der Bekanntgabe des Siegerweins niemand in der Lage ist, vom Wein in Ihren Tanks eine Probe zu ziehen. Wenn die Sache erst einmal gelaufen ist, kräht kein Hahn mehr danach.

„Das stimmt schon. Trotzdem bin ich ziemlich unruhig!"

„Wollen Sie, dass ich Ihnen einen Wächter organisiere, der ein Auge auf den Tank hat? Sie könnten ihn ja als Besucher Ihrer Familie ausgeben, falls jemand fragt."

Runkelbauer nahm einen Schluck Kaffee. „Vielleicht keine schlechte Idee. Und was machen wir, wenn sie bei der Fernsehsendung einen Skandal verursachen?"

„Das ist nur Gerede. Soweit ich weiß, wird diese Sendung aufgezeichnet, ist also nicht live. Irgendwelche Boykottversuche kämen also gar nicht an die Öffentlichkeit. Das lassen wir mal auf uns zukommen." Er stand auf. „Es tut mir leid, aber ich muss dann ins Gericht. Wir bleiben auf jeden Fall in Kontakt. Sobald Sie etwas Neues erfahren, lassen Sie es mich wissen. Wir sehen uns dann bei der Aufzeichnung der Närrischen Weinprobe."

Sie erhoben sich und verabschiedeten sich voneinander. Kaum hatte der Winzer das Büro verlassen, griff der Präsident zum Telefonhörer und wählte die Nummer von Wang in Frankfurt. Er schilderte Changs Vertrauensmann kurz die Situation und bat ihn, dafür zu sorgen, dass Runkelbauer ein Mann zugewiesen wurde, der den fraglichen Wein bewachte. Wang sagte zu, dies zu organisieren.

Als dieses Gespräch beendet war, rief er wieder seine Sekretärin herein.

„Simone, bitte besorgen Sie mir eine Eintrittskarte für die Aufzeichnung der Fernsehsendung ‚Die Närrische Weinprobe' im Stückfasskeller der Residenz."

„Oh, die ist, soweit ich weiß, schon bald. Ich fürchte, da sind schon alle Karten verkauft."

„Rufen Sie den Weingutdirektor des Staatlichen Hofkellers an und sagen Sie ihm, dass die Karte für mich ist. Die haben sicher ein Kontingent für prominente Nachzügler in der Hinterhand." Er lächelte sie freundlich an.

Er wollte während der Aufzeichnung unbedingt vor Ort sein, um möglicherweise Schlimmeres zu verhindern. Er wandte sich wieder seinem Schreibtisch und der Akte zu. Er hatte nicht mehr viel Zeit. Der Fall wegen schweren Raubes, den er zu verteidigen hatte, war für den Angeklagten ziemlich aussichtslos. Er musste sich jetzt wirklich zusammenreißen, um sich zu konzentrieren. Irgendwie hatte er das Gefühl, der China-Deal lief etwas aus dem Ruder.

Würzburg, Freitag, den 4. November

Der Mann, um den die Gedanken aller, die von dem Überfall auf ihn wussten, kreisten, lag alleine in einem Krankenzimmer der Intensivstation des Missionsärztlichen Klinikums. Da er selbständig atmen konnte, hatte man ihn nicht intubiert. Lediglich ein dünner Schlauch führte in seine beiden Nasenlöcher und versorgte ihn zusätzlich mit Sauerstoff. An seinem nackten Oberkörper waren zahlreiche Kontakte befestigt, die mit diversen computergesteuerten Maschinen verbunden waren, die seine Vitalfunktionen überwachten. Einige andere Elektroden waren an seinem Kopf befestigt und registrierten seine Gehirntätigkeit. Außer einem Verband, der seine Kopfwunde schützte, war ihm keinerlei Verletzung anzusehen. Andy Farmer befand sich nach wie vor im künstlichen Koma und wurde über Schläuche ernährt.

Seine Frau saß am Bett und hielt ihm die Hand. Die Sorge stand ihr ins Gesicht geschrieben. Seit heute hatte sie allerdings etwas Hoffnung. Die Ärzte waren mit der Heilung seiner Kopfverletzung sehr zufrieden. Die Vitalität seines Körpers beeindruckte sie. Daher hatten sie sich entschlossen, Andy Farmer langsam aufwachen zu lassen, und reduzierten daher das Medikament, das ihn im Schlaf gehalten hatte. Seit einiger Zeit zeigten die Bewegungen der Augen unter den Lidern und leichtes Zucken einzelner Finger sowie die aktuellen Messungen seiner Hirnströme, dass er wohl bald erwachen würde.

Es war später Nachmittag. Seine Frau war in dem Sessel neben dem Bett eingeschlummert, daher bekam sie gar nicht mit, wie Andy Farmer seine Augen öffnete. Seine ersten krächzenden Worte waren: „Ich habe Durst."

Sie öffnete erschrocken die Augen. Hatte sie das nur geträumt? Ein Blick auf das Gesicht ihres Mannes überzeugte sie vom Gegenteil. Freudig richtete sie sich auf.

„Andy, Gott bin ich froh, dass du wieder bei mir bist!" Ihre Hand griff zum Klingelknopf, um die Krankenschwester zu rufen.

Farmers Blick erfasste die Umgebung. „Was ist denn los?"

„Du bist im Krankenhaus. Aber keine Sorge, es geht dir schon wieder besser."

In diesem Augenblick kam die Krankenschwester herein und lächelte, als sie die Situation erfasste. „Ich rufe gleich den Arzt", erklärte sie und eilte wieder hinaus.

„Verflixt, ich habe einen fürchterlichen Brand! Kann mir vielleicht mal jemand etwas zu trinken geben?"

Seine Frau stand auf, griff sich einen Schnabelbecher, der auf einem Tisch an der Wand stand, und goss etwas stilles Mineralwasser hinein, das sie für sich selbst besorgt hatte. Vorsichtig setzte sie den Becher an Farmers Mund und ließ ihn trinken. Er nahm einige Schlucke, dann drehte er den Kopf zur Seite.

„Das schmeckt ja wie eingeschlafene Füße!"

In diesem Augenblick kam der Arzt herein.

„Hallo, Herr Farmer, schön, dass Sie wieder aufgewacht sind. Wie geht es Ihnen? Haben Sie Schmerzen?"

„Dass ich nicht im Himmel bin, habe ich schon gemerkt. Denn dort würde man mir bestimmt nicht so ein Gesöff anbieten." Er wies auf den Schnabelbecher.

Der Arzt lachte. „Prima, wie ich sehe, können Sie schon wieder Scherze machen. Aber bis zu einem Schoppen müssen Sie sich noch etwas gedulden." Er warf einen prüfenden Blick auf die Instrumente, dann fuhr er fort: „Die Dame hier an Ihrem Bett erkennen Sie?“

Farmer verzog sein Gesicht zu einem schwachen Lächeln. „Ich werde doch meinen Zuckerhasen erkennen!“ Er ergriff ihre Hand und drückte sie.

„Fein.“ Der Arzt blieb sachlich. „Welches Jahr schreiben wir?“

„2016.“

„Was haben Sie für einen Beruf?“

„Ich bin Rentner … und Bürgermeister von Würzburg. Ist die Fragestunde jetzt bald beendet?“

„Noch eine Frage: An was können Sie sich als Letztes erinnern?“

Jetzt kam Farmers Antwort nicht spontan. Er dachte sichtlich nach.

„Ich glaube, ich hatte Ärger mit einem Typen, der in mein Büro gekommen ist. Dann ist da irgendwie ein schwarzes Loch … bis ich hier aufgewacht bin.“

Der Arzt nickte. „Dabei handelt es sich wahrscheinlich um eine kongrade Amnesie. In Fällen wie dem Ihren nicht ungewöhnlich. Sie haben eine Kopfverletzung erlitten, können sich an alles, was vor dem schädigenden Ereignis lag, erinnern, das schädigende Ereignis selbst ist aber weg.“

„… und wird das wieder?“ Farmer wirkte jetzt doch etwas besorgt.

„In sehr vielen Fällen kommt die Erinnerung nach einer bestimmten Zeit wieder zurück. Wir werden jetzt auf jeden Fall einen spezialisierten Neurologen einschalten, der diesbezüglich die weitere Behandlung übernimmt. Zunächst aber werden wir Sie von den meisten Schläuchen befreien und Sie auf die Normalstation verlegen.“

„Noch eine ganz wichtige Frage, Herr Doktor: Wann kann ich wieder nach Hause?"

Der Arzt lächelte. „Lieber Herr Farmer, da müssen Sie sich noch etwas gedulden. Der nächste Schritt wird sein, Sie wieder in die Lage zu versetzen, ein paar Schritte zu gehen. Sie werden sehen, das alleine wird schon eine Herausforderung sein. Also bitte noch etwas Geduld." Er winkte freundlich und verließ den Raum.

Draußen erinnerte er sich daran, dass die Kriminalpolizei ihn gebeten hatte, sie zu verständigen, falls der Patient wieder aufwachte. Nach kurzer Überlegung entschied er sich dafür, sie zwar davon zu informieren, dass Farmer wach war, aber ein Besuch derzeit noch keinen Sinn machte. Der Patient war definitiv noch nicht vernehmungsfähig.

Am selben Tag im Stückfasskeller

Noch war es eine Woche bis zur Aufzeichnung der Närrischen Weinprobe. Doch im Stückfasskeller des Staatlichen Hofkellers ging es bereits seit Tagen zu wie in einem Ameisenhaufen. Auf dem Residenzplatz waren zahlreiche Parkplätze für die Transporter des Bayerischen Rundfunks reserviert, so dass die Mitarbeiter das gesamte Equipment, das hinunter in den Keller geschafft werden musste, nicht so weit tragen mussten. Die ersten beiden Tage waren nur die Techniker am Werk. In noch wesentlich erheblicherem Maße als bei der Aufzeichnung der Blindverkostungen war technisches Gerät aufzubauen und so in die schmale Umgebung einzupassen, dass es für die Fernsehkameras unsichtbar war. Es gab fest installierte Kameras, die in erster Linie die Bühne im Fokus hatten, und die tragbaren Aufnahmegeräte, die von den Kameraleuten flexibel eingesetzt wurden und unter anderem auch Bilder von den Gästen und deren Reaktionen auf die Beiträge an den Regiewagen weiterleiteten.

Ein weiteres Problem waren die Scheinwerfer, die so einzusetzen waren, dass sie zwar ein hervorragendes Bild lieferten, aber die Atmosphäre des Kellers mit seinen zahlreichen brennenden Kerzen nicht zerstörten.

Die dritte technische Herausforderung war der Ton. Die Akustik im Keller erzeugte einen Hall. Bei Musikstücken durchaus positiv, bei Wortbeiträgen für die technische Aussteuerung eine Herausforderung.

Ab dem dritten Tag war es erst richtig hektisch geworden. Der Regisseur und der Aufnahmeleiter trafen ein. Der Regisseur setzte sich in den Aufnahmewagen und kontrollierte die verschiedenen Blickwinkel der Kameras. Es mussten einige Korrekturen vorgenommen werden. Der Aufnahmeleiter rannte herum und scheuchte seine Assistentin durch die Gegend. Kabel, die sichtbar waren, mussten versteckt werden, die Ausleuchtung war zu präzisieren.

Am vierten Tag reisten die Maskenbildner an und bauten hinter der Bühne ein halbes Kosmetikstudio auf. Kleintransporter lieferten Kostüme an, die in fahrbaren Schrankkoffern in einem etwas abgeschotteten Bereich bereitgestellt wurden. Ein unbedarfter Zuschauer wäre wohl zu dem Ergebnis gekommen, dieses Chaos würde niemals in eine Art Ordnung münden. Erstaunlicherweise fand aber mit der Zeit jedes Puzzleteilchen seinen Platz.

Als Polizeidirektor Pytschykovwsky am nächsten Morgen mit seiner Crew eintraf, war er erstaunt, über die geordneten Verhältnisse im Keller. Sofort machte er mit dem Aufnahmeleiter einen Rundgang und begutachtete alle Installationen unter sicherheitsrelevanten Aspekten. Es gab an nur wenigen Stellen etwas zu korrigieren. Auch die Tischkarten, die er mit seinem Sitzplan verglich, waren richtig platziert.

„Wann kommen die ersten Akteure? Ich gehe doch davon aus, dass hier jetzt täglich Proben stattfinden."

Der Aufnahmeleiter blätterte in einer Kladde. „Das ist natürlich richtig. Frau Feen und Herr Nassauer werden wohl in den nächsten Stunden eintreffen. Die beiden sind Perfektionisten und wollen alle Moderationen hundertmal durchgehen.

Am Nachmittag erwarten wir eine kleine Formation der Tanzgarde aus Veitshöchheim. Auf dieser kleinen Bühne kann man ja die ganze Garde nicht auftreten lassen. Da muss jeder Schritt sitzen, sonst purzeln die mir noch von der Bühne." Er schlug das oberste Blatt um.

„Der Michl Müller kommt erst morgen, weil der heute Abend noch einen Auftritt in Aschaffenburg hat. Aber das macht gar nichts. Der ‚Dreggsagg' ist gewissermaßen der Hauptact und tritt ziemlich am Schluss auf. Der Günter Stock früher, der Klaus Karl-Kraus ebenso. Und so geht es weiter. Ich kann Ihnen die Liste der Akteure kopieren lassen."

„Das wäre sehr schön. Sie vergessen nicht, wir müssen auch noch üben. Wir werden einige Beamte als Dummys auf die Plätze der Promis setzen und dann verschiedene Szenarien eines Attentats und die Reaktionen darauf proben. Ach, bevor ich es vergesse, wir werden den gesamten Keller und den Bereich hinter der Bühne von einem Sprengstoffhund absuchen lassen."

„Halten Sie das wirklich für nötig? Bei diesen Sicherheitsmaßnahmen wird mir ja ganz schwindlig."

„Vorbeugung ist in solchen Fällen oberstes Gebot. Sagen Sie bitte auch Ihren Mitarbeitern, dass meine Leute auch sie kurz vor der Aufzeichnung körperlich auf gefährliche Gegenstände untersuchen werden. Selbstverständlich werden die Damen von weiblichen Beamten durchsucht. Sagen Sie mir bitte Bescheid, wenn wir mit der Übung beginnen können."

Der Aufnahmeleiter nickte und verschwand im Umkleidebereich des Kellers.

Erich Rottmann war etwas zu spät. Pytschykovwsky hatte ihn zu einer Einsatzübung hierherbestellt. Er hatte auch verlangt, dass Rottmann seine Dienstwaffe mitbrachte. Rottmann trug die Pistole im Schulterholster unter dem linken Arm. Das Gewicht war etwas ungewohnt, zumal er früher im Dienst, wenn er schon einmal eine Waffe mitführen musste, einen kleinen, handlichen, doppelläufigen Derringer bevorzugte.

Nachdem er sich durch das Spalier der Kleintransporter

des Bayerischen Rundfunks gewunden und armdicke Kabel, die vom Keller bis in den Übertragungswagen gelegt waren, überstiegen hatte, erreichte er den Eingang zum Keller. Öchsle musterte das düstere Loch sehr kritisch, ehe er seinem Menschen in den Untergrund folgte.

Der Polizeidirektor begrüßte das Bürgermeisterdouble fast schon herzlich.

„Herr Rottmann, es ist schön, dass Sie da sind. Sie müssen sich allerdings noch einen Moment gedulden, der Regisseur, der im Augenblick noch im Übertragungswagen sitzt, möchte bei der Übung auch gern dabei sein."

Rottmann bestätigte die Info mit einer Handbewegung, dann stellte er sich vor die in der Nähe befindliche Schatzkammer des Weinguts, in der seltene und alte bis sehr alte Weine eingelagert waren. Ob die alle noch genießbar waren, wagte er zu bezweifeln.

Zwanzig Minuten später kam die Assistentin angelaufen und bat ihn zum Set.

Pytschykovwsky war voll in seinem Element. Seine Mitarbeiter standen im Halbkreis um ihn herum und lauschten ihm aufmerksam.

„Herr Rottmann, bitte kommen Sie zu uns, jetzt wird es ernst." Er musterte ihn prüfend. „Sie haben Ihre Dienstwaffe dabei?"

Rottmann nickte und klopfte mit der flachen Hand gegen seine linke Achsel.

„Gut, Sie bekommen jetzt noch eine Schutzweste, dann kann es losgehen." Er gab einem der umstehenden Mitarbeiter einen Wink, worauf dieser zur Seite lief und dort von einem Stapel Schutzwesten eine herunternahm und Rottmann reichte. Der nahm sie in Empfang und wog sie kritisch in der Hand.

„Ist das wirklich notwendig?"

„Ja, da gibt es keine Ausnahme. Wir haben keine Ahnung, wie dieser Anschlag vonstattengehen soll. Wir müssen also auch mit Schusswaffeneinsatz oder einem Messerangriff rechnen."

Rottmann seufzte, legte seine Joppe und das Schulterholster ab, dann streifte er sich die Schutzweste über. Mithilfe einer Polizistin schloss er die Klettverschlüsse, sodass die Weste gut saß. Nachdem er sich wiederbewaffnet und seine Joppe angezogen hatte, sah er Pytschykovwsky fragend an.

„Sie begeben sich jetzt bitte auf den für Sie vorgesehenen Platz. Sie sitzen fast ganz vorn, ziemlich dicht vor der Bühne. Das ist erforderlich, da Sie ja zum gegebenen Zeitpunkt die Urkunde in die Kamera halten müssen, auf der der Siegerwein verzeichnet ist." Plötzlich hielt er inne und sah sich fragend um. „Weiß irgendjemand, wo diese Urkunde ist?"

Ratlosigkeit in der Runde. Rottmann ergriff das Wort: „Dieses Dokument wurde im Rathaus unter etwas mysteriösen Umständen aufgefunden und mir übergeben. Ich habe es, da es offensichtlich im Fall Farmer eine Rolle spielt, Kommissar Krämer übergeben und ihn beauftragt, es auf Fingerabdrücke untersuchen zu lassen. Ich gehe davon aus, dass wir in Kürze ein Ergebnis haben und die Urkunde dann wieder zur Verfügung steht."

Der LKA-Mann nickte. „In Ordnung, dann halten Sie bei der Übung halt irgendeinen Gegenstand in die Höhe. Das spielt im Augenblick keine Rolle." Er sah in die Runde. „Die Kollegen, die heute bei der Übung die Rollen der Prominenten einnehmen, bitte auf ihre Plätze. Herr Rottmann, Sie natürlich auch. Auf geht's, wir müssen zusehen, dass wir durchkommen. Das Zeitfenster, das uns die Aufnahmeleitung für die Übung zur Verfügung gestellt hat, ist begrenzt!"

Auf das Kommando hin verteilten sich die Polizeibeamtinnen und Polizeibeamten auf die ihnen zugedachten Plätze, die durch Tischkarten gekennzeichnet waren. Auch Rottmann setzte sich auf seinen Platz.

In der folgenden Stunde trainierten die LKA-Leute verschiedene Szenarien, in denen Bürgermeister Farmer alias Erich Rottmann immer eine zentrale Rolle spielte. Der Regisseur stand am Eingang des Kellers und beobachtete die gesamte Szenerie aufmerksam. Irgendwann erschien dann der Aufnahmeleiter auf der Bildfläche und erklärte, es müssten jetzt die ersten Proben der Akteure beginnen.

Pytschykovwsky rief seine Mitarbeiterinnen und Mitarbeiter zusammen und erklärte das Training für beendet.

„Wir werden das Ganze kurz vor der Aufzeichnung noch einmal durchgehen. Herr Rottmann, Sie müssen mit der Maskenbildnerin sprechen, damit Sie wissen, wann Sie hier sein müssen, damit man Sie entsprechend maskieren kann. Das wird sicher einige Zeit in Anspruch nehmen. Außerdem wäre ich Ihnen dankbar, wenn Sie sich noch einmal nach der Urkunde erkundigen. Die Beschaffung der Utensilien ist zwar in erster Linie Sache des Fernsehens, aber nachdem sie sich in polizeilichem Gewahrsam befindet, müssen wir auch dafür sorgen, dass sie rechtzeitig zur Verfügung steht. Das wird Ihnen sicher keine Mühe machen, Sie haben ja einen ganz ausgezeichneten Draht zu Herrn Krämer." Pytschykovwsky zwinkerte ihm mit einem ganz ungewöhnlichen Anfall von Humor zu.

Erster Kriminalhauptkommissar Krämer las den Bericht der Kriminaltechnik über die Untersuchung der Urkunde mit großem Interesse und mit Schadenfreude bereits zum zweiten Mal durch. Zunächst hatte er sich über die Anmaßung dieses

Rottmann wahnsinnig geärgert. Es war für ihn einfach unverständlich, wie eine leitende Persönlichkeit des Landeskriminalamtes einen derart proletenhaften Menschen wie diesen Alkoholiker für eine derart wichtige Aufgabe ausersehen konnte. Jetzt war er aber froh, dass er die Untersuchung der Urkunde durchgeführt hatte. Hier stand schwarz auf weiß, dass sich auf dem Dokument die gleichen Fingerabdrücke befanden wie auf der Tatwaffe, die für den Mordversuch an Bürgermeister Farmer verwendet wurde. Es handelte sich also einwandfrei um die Fingerprints dieser Elvira Stark, die Rottmann so protegierte. Jetzt, da Rottmann wieder aktiver Kriminalbeamter war, eindeutig Strafvereitelung im Amt! Er freute sich schon auf das Gesicht dieses Mannes, wenn er aufgrund seiner Anzeige beim Polizeipräsidenten antanzen musste. Zunächst würde er aber noch etwas in dieser Wunde herumrühren. Er erhob sich und öffnete die Verbindungstür zu Florian Deichlers Dienstzimmer. Auch so ein Mensch, der diesem Rottmann hinterherhechelte. Es wurde höchste Zeit, dass man diesen Mann austauschte. Allerdings musste er einen plausiblen Grund finden, denn merkwürdigerweise war Deichler in der Personalabteilung ziemlich angesehen.

„Deichler, laden Sie bitte Frau Elvira Stark zu einer weiteren Vernehmung vor. Es gibt neue Beweise, zu denen sich die Frau äußern muss. Montag früh 9 Uhr will ich sie im Vernehmungszimmer 113 sehen." Er wollte sich gerade wieder umdrehen, als ihm noch etwas einfiel. „Diese Vorladung hat Herrn Rottmann nicht zu interessieren. Ich hoffe, Sie haben mich verstanden."

Deichler ging das ganze Theater langsam gehörig auf die Nerven. Er drehte sich auf seinem Stuhl herum und sah seinen Chef stirnrunzelnd an.

„Was wollen Sie denn von der Frau? Aus der gesamten Beweislage ergibt sich doch, dass sie mit dieser Gewalttat gegen Bürgermeister Farmer nichts zu tun haben kann. Wir haben den Vorgang doch so weit wie möglich rekonstruiert. Der Täter muss Linkshänder gewesen sein, Frau Stark ist Rechtshänderin. Auf der Tatwaffe waren Restspuren von Talkum, wie er bei handelsüblichen Gummihandschuhen besserer Qualität Verwendung findet. Frau Stark verwendet bei ihrer Arbeit billige Haushaltshandschuhe ohne Talkum. Außerdem, was soll sie für ein Motiv gehabt haben, Herrn Farmer niederzuschlagen? Um ihn eine Minute später wiederzubeleben? Das, was sie da veranstalten, ist doch völlig hanebüchen!" Er schüttelte entschieden den Kopf. „Wenn Sie Frau stark vorladen wollen, dann machen Sie das gefälligst selbst!"

Krämer funkelte ihn an. „Sie verweigern also die Ausführung einer Anordnung? Das ist ein Dienstvergehen! Sie können sich darauf verlassen, dass ich das nicht auf sich beruhen lassen werde. Die Konsequenzen werden Sie zu tragen haben." Die Verbindungstür flog hinter ihm zu.

Deichler zog sich seinen Mantel an und verließ das Büro. Es war klar, dass er nicht mehr länger mit Krämer zusammenarbeiten konnte. Er hatte sich schon früher für das Rauschgiftdezernat interessiert. Bei nächster Gelegenheit würde er ein Gespräch mit dem Personalchef des Polizeipräsidiums führen. Mal abchecken, ob ein Versetzungsgesuch von ihm Aussicht auf Erfolg haben würde.

Er ging hinunter in die Fahrbereitschaft und ließ sich einen neutralen PKW zuteilen. Vor einer halben Stunde hatte er aus der Klinik einen Anruf erhalten, wonach Andy Farmer zwar aufgewacht, aber noch nicht vernehmungsfähig sei. Er hatte Krämer mit Absicht nichts davon gesagt. Es würde Deichler ja schon genügen, wenn Farmer auf eine bestimmte Frage von ihm mit dem Kopf schütteln oder nicken würde.

Damit würde das gesamte Kartenhaus von Krämers Verdächtigungen in sich zusammenfallen.

Einige Zeit später parkte er seinen Wagen auf dem Parkplatz der Missionsärztlichen Klinik. An der Pforte zeigte er seinen Dienstausweis vor und bat um Bekanntgabe der Zimmernummer des Patienten Andy Farmer.

Der Pförtner sah im Computer nach. „Herr Farmer wurde auf die neurologische Abteilung verlegt. Vierter Stock, Zimmer 415. Der Aufzug befindet sich dort vorne rechts."

Der Kriminalbeamte bedankte sich und marschierte in die angegebene Richtung. Vorbei am Schwesternzimmer erreichte er Nummer 415. Er holte tief Luft, dann klopfte er an. Eine Stimme rief „Herein". Deichler trat kurzerhand ein.

Es handelte sich offensichtlich um ein Einzelzimmer. Der Bürgermeister war allein. Er lag im Bett und schien geschlafen zu haben. Erstaunt sah er den fremden Mann an.

„Ja bitte?"

Deichler trat näher, stellte sich vor und zeigte seinen Dienstausweis. „Herr Farmer, bitte entschuldigen Sie mein Eindringen. Ich bin der Kriminalbeamte, der den Angriff auf Sie untersucht. Wir kommen leider mit den Ermittlungen nicht weiter. Für mich ist nur eine Frage wichtig: Haben Sie die Täterin oder den Täter erkannt?"

Farmer ließ seine Hand resignierend auf die Bettdecke fallen. „Es tut mir wirklich leid, Herr Kommissar, aber da muss ich Sie enttäuschen. Ich kann mich bedauerlicherweise an den gesamten Vorgang nicht erinnern. Wie von der Festplatte gelöscht. Amnesie haben die Ärzte gesagt. Sie gehen aber davon aus, dass sich dieser Zustand wieder ändern wird. Leider kann man nicht sagen, wie lange es dauert. Glauben Sie mir, mich nervt das auch."

Deichler bedankte sich beim Bürgermeister. Dieser versicherte ihm, sich sofort bei ihm zu melden, wenn die Erinnerung zurückkam. Florian Deichler verließ das Krankenhaus. Vor dem Haupteingang standen einige Bänke herum. Auf einer ließ sich der Kriminalbeamte trotz der niedrigen Außentemperatur nieder. Das war alles sehr unbefriedigend. Auf diesem Wege kam er nicht zu einer Lösung des Falles. Er überlegte kurz, dann zog er sein Handy aus der Tasche und wählte die Nummer von Erich Rottmann. Sein alter Chef und Lehrmeister musste wissen, was Krämer im Schilde führte.

Würzburg, Montag, den 7. November

Schöpf-Kelle war ausgesprochen unzufrieden. Zwar hatte sich der Reporter noch einmal mit seinem polizeilichen Informanten getroffen und der hatte ihm auch erzählt, der Verdacht gegen Elvira Stark habe sich erhärtet, aber er hatte noch immer das Gesicht von Erich Rottmann vor Augen, der ihn vor Veröffentlichungen in dieser Richtung gewarnt hatte. Seiner Meinung nach war nur die Aussage von Bürgermeister Farmer relevant. Wenn der ihm die Putzfrauentheorie von Krämer bestätigen würde, hätte er keine Skrupel mehr, dies zu veröffentlichen. Dann konnte ihm Rottmann den Buckel runterrutschen. Für einen Journalisten seiner Güte war es schier unerträglich, eine Superstory in der Hinterhand zu haben, sie aber nicht verwenden zu können.

Schöpf-Kelle entschloss sich, einen neuen Anlauf zu nehmen. Es war kurz nach 9 Uhr. Eine gute Zeit für einen Krankenbesuch.

Diesmal saß an der Pforte des Klinikums ein älterer Herr, vermutlich wie die Pförtnerin von seinem letzten Besuch ebenfalls ein Rentner, der ihm Stockwerk und Zimmernummer nannte.

Bürgermeister Farmer riss erstaunt die Augen auf, als er den Reporter eintreten sah. Selbstverständlich war ihm dieser Mann bestens bekannt, da er schon unzählige Male Artikel über ihn und seine Arbeit verfasst hatte. Dass er allerdings hier und heute in seinem Krankenzimmer auftauchte und ihn in seinem desolaten Zustand sah, war ihm höchst unangenehm.

„Schöpf-Kelle, was wollen Sie denn hier? Ich bin hier privat und wünsche keinerlei Fotos oder Interviews. Bitte gehen Sie wieder, sonst rufe ich die Schwester."

„Entschuldigen Sie bitte, Herr Farmer, dass ich Sie hier so überfalle. Aber Sie haben ja gar keine Ahnung, was in der Stadt so geredet wird. Es wäre sehr hilfreich, wenn Sie mir ein paar klärende Worte zu dem Anschlag auf Sie sagen könnten, dann wäre ich auch gleich wieder weg. Können Sie mir sagen, wer das getan hat?" Seine Stimme klang drängend, weil er befürchtete, Farmer würde gleich den Rufknopf drücken.

„Verdammt und zugenäht, Schöpf-Kelle, ich kann mich an nichts erinnern – und jetzt verschwinden Sie!" Tatsächlich tastete seine Hand nach dem Rufschalter.

„Ist ja schon gut, ich bin schon weg", entgegnete der Reporter und wandte sich zur Tür. Mit der Hand am Türgriff drehte er sich noch einmal um. „Sie haben auch keine Ahnung, ob der Angriff etwas mit der Närrischen Weinprobe zu tun hat?"

„Raus!", brüllte Farmer und drückte den Knopf.

Schöpf-Kelle hob die Hand und sah zu, dass er Land gewann. Während er den Krankenhausflur entlangeilte, sah er hinter sich über der Tür von Farmers Patientenzimmer die rote Lampe aufleuchten. Enttäuscht machte er sich auf den Weg zurück in die Redaktion.

Eine Minute, nachdem Schöpf-Kelle Farmers Zimmer verlassen hatte, kam eine Krankenschwester herein.

„Herr Farmer, Sie haben geläutet?"

„Schwester, gerade war so ein Presseheini bei mir im Zimmer und wollte mich mit seinen Fragen löchern. Ich wäre Ihnen wirklich sehr dankbar, wenn Sie einen Blick darauf werfen könnten, wer bei mir so ein- und ausgeht. Anscheinend weiß schon ganz Würzburg, dass ich wieder aufgewacht bin."

„Herr Farmer, das tut mir sehr leid, aber wir sind leider personell nicht so aufgestellt, um hier auch Überwachungsaufgaben zu übernehmen. Wir passen sicher auf, aber wenn wieder jemand hereinkommt, der hier nichts zu suchen hat, klingeln Sie einfach. Wir sind ja schnell zur Stelle. – Wenn ich schon da bin, haben Sie einen Wunsch?"

Farmer verneinte und die Schwester verließ das Zimmer.

Nachdenklich sah der Bürgermeister zum Fenster seines Zimmers hinaus. Er hatte von hier aus einen guten Blick über die Dächer von Würzburg. Allerdings war er mit seinen Gedanken ganz woanders. Schöpf-Kelles letzte Frage hatte bei ihm eine Saite zum Klingen gebracht. Er erinnerte sich an diesen Chinesen Wang, der ihn im Rathaus besucht hatte, um ihn dahingehend zu manipulieren, bei der Aufzeichnung der Auswahl des Narrenweins ein bestimmtes Weingut auszuwählen. Ihm fiel auch wieder ein, dass er diesem Ansinnen eine entsprechende Absage erteilt hatte. Dies löste eine Flut von Überlegungen bei ihm aus, die ihm Kopfschmerzen bereiteten.

Langsam setzte er sich in seinem Bett auf. Der leichte Schwindel, den er dabei empfand, verflüchtigte sich schnell wieder. Er griff sich den Rollator, der am unteren Ende des Bettes stand, und bewegte sich damit in Richtung Toilette. Farmer fühlte sich von Tag zu Tag besser. Der Bürgermeister hatte einen sehr ausgeprägten Willen und wollte so schnell wie möglich wieder selbständig sein. Obwohl sich der eigentliche Überfall in seinem Kopf noch als schwarzes Loch darstellte, überlegte er, ob er nicht diesen Kommissar Deichler rufen lassen sollte, um ihm seine aktuellen Erinnerungen mitzuteilen. Langsam bewegte er sich wieder zurück zu seinem Bett und legte sich nieder. Mit der Fernbedienung schaltete er den Fernseher ein. Durch Zufall befand er sich in einer Magazinsendung des Bayerischen Fernsehens. Die Moderatorin schloss gerade einen Beitrag ab und wandte sich dem nächsten zu. Interessiert hörte Andy Farmer ihr zu.

„Meine Damen und Herren, die Faschingszeit nähert sich mit großen Schritten und damit auch die äußerst beliebten Faschingssendungen des Bayerischen Rundfunks. Den Reigen eröffnet die allseits beliebte *Närrische Weinprobe* aus dem Stückfasskeller des Staatlichen Hofkellers unter der Residenz in Würzburg. Die Erstausstrahlung ist am 11. November um 19 Uhr hier im Bayerischen Fernsehen. Im Augenblick wird in Würzburg noch heftig geprobt, damit bei der Aufzeichnung am 9. November auch alles klappt. Traditionell wird bei dieser Sendung der aktuelle Narrenwein vorgestellt, der als besondere Edition den Weingenießern angeboten wird. Eines unserer Teams hat dort einmal kurz vorbeigeschaut."

Die Moderatorin verschwand und Farmer eröffnete sich ein Blick auf die ihm bekannte doppelte Fässerreihe des historischen Weinkellers. Der Regisseur namens Rocky Horror wurde nach dem Fortschritt der Vorbereitungsarbeiten befragt und versicherte, dass man völlig im Zeitplan liege. Im Hintergrund konnte man kreuz und quer laufende Personen erkennen. Dann war der Beitrag beendet. Die Moderatorin erschien wieder auf dem Bildschirm, aber Farmer hörte ihr nicht länger zu. In seinem Kopf reifte ein Entschluss. Die Erpresser hatten einen großen Fehler gemacht, indem sie ihn unterschätzten. Obwohl er immer noch nicht wusste, was ihm genau widerfahren war, war er davon überzeugt, der Anschlag hatte mit seiner Auswahl des Narrenweins zu tun. Andy Farmer war prinzipiell ein friedlicher Mensch, aber durch seine Adern lief das temperamentvolle Blut eines unterfränkischen Winzersohns. Jetzt erst recht!, dachte er, ergriff die Fernbedienung und schaltete den Fernseher aus. In seinem Kopf zeigten sich die ersten Skizzen eines Plans.

Als Rottmann von den neuesten Aktivitäten Krämers erfuhr, war er gerade auf dem Weg zum morgendlichen Stammtisch. Am Vierröhrenbrunnen läutete sein Handy, er blieb stehen, lehnte sich mit dem Rücken gegen das steinerne Brunnenbecken und nahm den Anruf Deichlers entgegen. Irgendwann unterbrach er lautstark Deichlers Ausführungen: „Ja ist denn der Kerl jetzt von allen guten Geistern verlassen?!“

Einige Passanten drehten sich erstaunt nach ihm um. Aber das war ihm egal. Auch Öchsle war irritiert. Für gewöhnlich war sein Mensch nicht so laut.

„Weißt du, ob er schon etwas unternommen hat?“

„Nein, nachdem ich mich geweigert habe, die Vorladung vorzunehmen, wird er vielleicht jetzt einen anderen Dummen suchen, der für ihn diesen Job erledigt. Wahrscheinlich muss jetzt das Sekretariat dran glauben.“

„Florian, ich danke dir jedenfalls sehr für diese Information. Bist du im Augenblick in deinem Büro?“

„Nein, aber ich denke, in einer Viertelstunde werde ich da sein.“

„Gut, dann richte es doch bitte ein, dass du in der nächsten Stunde hinter deinem Schreibtisch sitzt.“

„Was hast du vor?“

„Ich werde diesen Spuk jetzt ein für alle Mal beenden. Krämer hat das Fass zum Überlaufen gebracht. Mein derzeitiger Amtsstatus gibt mir Möglichkeiten, die mir als Privatperson nicht zur Verfügung stehen. Die werde ich jetzt nutzen.“

„Erich, sei aber vorsichtig. Der Kerl ist gefährlich wie eine Viper!“

„Da mach dir mal keine Sorgen, da bin ich schon mit ganz anderen Kalibern fertig geworden.“

Das Gespräch war beendet.

„Öchsle, komm, wir müssen noch einmal in die andere Richtung." Ergeben trottete der Rüde hinter ihm her.

Unterwegs legte sich Rottmann eine Strategie zurecht. Zehn Minuten später erreichte er die Polizeidirektion.

Forschen Schrittes marschierte er mit Öchsle im Gefolge am Pförtner vorbei. Der Beamte kannte ihn und winkte ihm freundlich zu. Ein paar Minuten später klopfte er am Dienstzimmer von Florian Deichler. Auf dessen „Herein" trat er ein.

„Er ist drinnen", erklärte Deichler ohne Gruß. Er warf Rottmann einen prüfenden Blick zu. Noch selten hatte er seinen ehemaligen Chef mit so ernster und entschlossener Miene gesehen. Ohne Zögern bewegte sich Rottmann auf die Tür zu. Bevor er anklopfte, raunte er Deichler zu: „Ich lasse die Tür offen. Bitte hör gut zu, womöglich benötige ich dich als Zeugen."

Deichler nickte.

Rottmann klopfte energisch an. Ohne eine Aufforderung abzuwarten, öffnete er und trat ein. Die Tür ließ er hinter sich weit geöffnet.

Krämer saß hinter seinem Schreibtisch und studierte Akten. Er warf Rottmann einen giftigen Blick zu, dann meinte er: „Ich kann mich nicht erinnern, sie hereingebeten zu haben! Und schon gar nicht mit diesem Köter! Im Übrigen möchte ich Sie bitten, die Tür zu schließen. Von draußen!"

„Das interessiert mich nicht, Herr Kollege! Und die Tür bleibt offen! Das, was wir zu besprechen haben, kann Herr Deichler gerne mithören." Er sprach den „Kollegen" mit einer solchen Betonung aus, dass er genauso gut Herr Rindvieh hätte sagen können. Rottmann machte einige Schritte nach vorn und zog sich den Besucherstuhl bequem zurecht, damit er sich hineinlümmeln konnte.

„Herr Kollege, haben Sie meine Anweisung ausgeführt und die Urkunde untersuchen lassen?"

„Was heißt hier Anweisung? Ich ermittle hier im Fall des versuchten Mordes an Bürgermeister Andy Farmer. Sie haben mir ein Dokument übergeben, das eine Zeugin im Zimmer des Verletzten aufgefunden hat. Ohne eine vernünftige Erklärung, wieso diese Frau die Urkunde plötzlich gefunden hat, ist sie für mich verdächtig. Da nützt Ihnen auch der Missbrauch Ihrer Amtsgewalt als Mitarbeiter des Landeskriminalamts überhaupt nichts. Sollten Sie mich weiterhin in meiner Ermittlungstätigkeit behindern wollen, werde ich mich nicht mehr zurückhalten. Bisher habe ich nur aus Rücksicht auf Ihre Verdienste als ehemaliger Leiter dieses Mordkommissariats davon Abstand genommen."

Rottmann lachte freudlos. „Ihre edle Gesinnung rührt mich zu Tränen."

Öchsle bemerkte die gespannte Atmosphäre zwischen den beiden und blieb angespannt neben Rottmann sitzen. Falls dieser Mann hinter dem Schreibtisch etwas gegen seinen Menschen unternehmen würde, wäre er sprungbereit.

„Ich gehe davon aus, dass Frau Starks Fingerabdrücke auf der Urkunde gefunden wurden. Gab es noch weitere Abdrücke?"

Widerwillig gab Krämer Antwort. „Es sind die Abdrücke vom Präsidenten des Weinbauverbands und des Präsidenten des Fastnachtsverbands bestätigt. Es gab für beide Herren Vergleichsproben in der Datenbank, da man ihnen anscheinend bei früheren Anlässen einmal die Fingerabdrücke abgenommen hatte."

„Sonstige Spuren?"

„Es wurden wie an der Tatwaffe Talkumspuren festgestellt", kam die Stimme Deichlers aus dem Nebenzimmer.

„Niemand hat Sie gefragt!", bellte Krämer quer durch den Raum.

„Aha“, stellte Rottmann zufrieden fest.

„Sie wollen doch nicht etwa behaupten, diese honorigen Herren wären in diese Straftat verwickelt? Nur um Ihre … Bekannte zu schützen?“ Sein letzter Satz enthielt eine Schleife, die alle möglichen verbalen Freundlichkeiten beinhalten konnte.

Rottmann atmete tief durch, dann setzte er sich aufrecht hin und fokussierte Krämer mit scharfem Blick.

„Werter Herr Kollege, wenn ich mir das so überlege, gibt es in Brehms Tierleben sicher eine ganze Anzahl von Kreaturen, mit deren Namen man Sie bezeichnen könnte. Denke ich aber weiter darüber nach, komme ich zu dem Ergebnis, dass man diesen armen Tieren sicher schrecklich unrecht täte, wenn man Sie, Herr Kollege, mit ihrem Namen betiteln würde. Bleiben wir also sachlich. Sie wären sicher ein ganz brauchbarer Kriminalbeamter, wenn Ihr Ehrgeiz, Ihre Borniertheit, Ihr Egomanentum und wahrscheinlich auch ein gewisser Mangel an gesundem Menschenverstand Ihnen nicht massiv im Wege stünden. Gepaart mit Rücksichtslosigkeit und einem von Niedertracht geprägten Sozialverhalten sind Sie meines Erachtens für den anspruchsvollen Posten des Leiters dieser Mordkommission absolut ungeeignet.“

Krämer verschlug es den Atem. Wie ein Fisch auf dem Trockenen schnappte er nach Luft. Als er gerade zu einer bösen Entgegnung ansetzen wollte, hob Rottmann gebieterisch die Hand.

„Sie haben jetzt für ein paar Minuten Sendepause!“ Dann fuhr er fort: „Es blutet mir das Herz, wenn ich sehe, wie Sie die berufsethischen Ansprüche, die während meiner Zeit hier gegolten hatten, mit Füßen treten. Das kann ich nicht länger ertragen.“ Er legte seine flache Hand auf den Tisch. „Sie, Herr Kollege, werden morgen an den Herrn Polizeipräsidenten ein

Versetzungsschreiben verfassen, das morgen dort eingeht. Darin erklären Sie Ihren Rücktritt vom Amt, da Sie aus gesundheitlichen Gründen den Stress, der mit der Leitung dieses Kommissariats verbunden ist, nicht länger ertragen können. Sie bitten ihn um einen längeren Urlaub mit anschließender Versetzung in eine andere Stadt."

Krämer stand auf, stieß seinen Schreibtischstuhl von sich und wich bis an die Wand zurück, dabei kreischte er: „Deichler, kommen Sie sofort herein und legen Sie diesem Irren Handschellen an! Der Mann ist völlig wahnsinnig!"

Rottmann hörte hinter sich ein leises Geräusch und drehte seinen Kopf etwas seitwärts. Deichler stand mit einer Schulter an den Rahmen gelehnt in der Tür und hatte die Arme über der Brust verschränkt.

„Setzen Sie sich wieder hin!", befahl Rottmann seinem Gegenüber mit scharfer Stimme.

„Tun Sie doch etwas!", schrie Krämer Deichler an, doch der blieb nur ganz entspannt stehen.

„Sie sollten sich wirklich wieder hinsetzen", bemerkte er mit ruhiger Stimme. Aber Krämer blieb an der Wand stehen.

„Selbstverständlich, Herr Kollege, habe ich noch ein Argument, das Ihre Motivation massiv unterstützen dürfte", fuhr Rottmann fort: „Sollten Sie meinem Wunsch nicht entsprechen, werde ich höchstpersönlich den Herrn Polizeipräsidenten davon in Kenntnis setzen, dass Sie, Herr Kollege, bewusst und vorsätzlich entgegen einer strikt angeordneten Nachrichtensperre in einem Kriminalfall mit einem Reporter der Mainpostille Würzburg Kontakt aufgenommen haben, um vertrauliche Ermittlungsinternas weiterzugeben."

„Das ist eine absolute Verleumdung! Damit werden Sie nicht durchkommen!"

„Ihr Pech ist, Sie wurden von einem höchst glaubwürdigen

Zeugen beobachtet, als Sie vor einigen Tagen in der Abenddämmerung am Peterplatz aus dem Fahrzeug des Journalisten Schöpf-Kelle ausgestiegen sind. Ich bin mir sehr sicher, dass Herr Schöpf-Kelle bei entsprechender Befragung einknicken würde, sollten Sie es wirklich so weit treiben wollen. Welcher Reporter würde es schon riskieren, von der Polizei keine Informationen mehr zu bekommen?"

Krämer lehnte käseweiß an der Wand. Schließlich stammelte er: „Das können Sie nicht beweisen!"

„Ich bedaure, Herr Krämer", kam Deichlers Stimme verhalten aus dem Hintergrund, „aber der Zeuge bin ich. Ich kann Ihnen ganz genau die Uhrzeit sagen, welche Kleidung Sie trugen und dass Sie offensichtlich alkoholisiert waren."

Krämer wankte nach vorne und ließ sich wortlos in seinen Bürosessel fallen. Wie vom Blitz getroffen saß er da und starrte auf seine Schreibunterlage.

Rottmann erhob sich. Mitleidlos sah er den Mann an.

„Ich werde morgen in der Personalabteilung des Präsidiums anrufen und mich erkundigen, ob von Ihnen ein Rücktrittsgesuch vorliegt. Sollte dies nicht der Fall sein, kennen Sie die Folgen." Er drehte sich um und verließ mit Öchsle das Dienstzimmer Krämers. Deichler schloss die Tür von draußen.

„Wow, das war hammerhart! Meinst du, er wird tun, was du von ihm verlangst?"

„Er wird jetzt einige Zeit in seinem eigenen Saft schmoren und alle möglichen Racheszenarien ausbrüten, aber letztendlich weiß er, dass er verloren hat. Sicher wird er kein Disziplinarverfahren riskieren. Bei einer Versetzung würde er seinen bisherigen Status behalten und keine finanziellen Einbußen hinnehmen müssen. Ich bin sicher, er wird über diese goldene Brücke gehen."

„… und was wird aus dieser Abteilung? Ich habe nämlich auch schon an Versetzung gedacht."

„Du bist ja verrückt! Jetzt wartest du erst mal ab, was Krämer macht, dann sieht man weiter." Da fiel ihm noch etwas ein. „Kannst du mir bitte die sichergestellte Urkunde mitgeben? Nachdem die Fingerabdrücke genommen sind, hat sie sicher keine große Beweiskraft mehr. Sie wird bei der Aufzeichnung der Närrischen Weinprobe benötigt."

„Krämer wollte sie ja eigentlich bei der Vernehmung von Frau Stark dabeihaben. Aber nachdem ich davon ausgehe, dass diese Vernehmung nicht stattfinden wird, kannst du sie auch mitnehmen."

Er ging in die Ecke und öffnete einen Tresor, in dem Beweisstücke aufbewahrt wurden. Er entnahm ihm eine große Beweismitteltüte, in der die Urkunde verschlossen war.

Erich Rottmann nahm sie an sich, bedankte sich und verließ mit dem Rüden die Diensträume des Morddezernats. Irgendwie hatte er das angenehme Gefühl, in diesem Gebäude plötzlich wieder freier atmen zu können. Anschließend marschierte er in Richtung Residenzplatz. Er wollte die Urkunde den Fernsehleuten übergeben, da sie ja bei der Närrischen Weinprobe eine zentrale Rolle spielte.

Sebastian Krämer schwankte zwischen irrsinniger Wut und tiefer Verzweiflung. Seine Hand griff zu seiner Dienstwaffe, am liebsten hätte er das ganze Magazin in die Tür geschossen, durch die dieser verdammte Kerl verschwunden war. Deichler, dieser Verräter, dieses Kameradenschwein, hatte ihm sicher nachgeschnüffelt. Dieser elende Mensch sägte an seinem Stuhl, weil er sich selbst darauf niederlassen wollte.

Fieberhaft überlegte er, was er gegen Rottmann unternehmen könnte. Es fiel ihm einfach nichts ein. Ihm war völlig klar, wenn diese zwei renommierten Kriminalbeamten gegen ihn aussagten, kam er niemals mit einer reinen Weste aus der Sache raus. Zumal er sicher war, Schöpf-Kelle würde gegen die Zusicherung, exklusive Informationen für seine Berichterstattung zu bekommen, sofort umfallen. Vor allen Dingen wenn er merkte, dass Krämer angeschlagen war. Nachdenklich betrachtete er seine Dienstpistole. War das eine Option? Er schüttelte den Kopf. Eine Versetzung in eine andere Stadt war sicher der Weg, der die wenigsten Nachteile für ihn hatte. Kein Disziplinarverfahren mit all den vielen Fragen und Stellungnahmen. Er zuckte mit den Schultern. Stolz war die eine Sache, Pragmatismus die andere. Sollte dieser alte Säufer doch das Gefühl haben, er habe gewonnen. Alle anderen Möglichkeiten würden mit Sicherheit einen Pyrrhussieg bedeuten.

Kurz entschlossen griff Krämer zum Telefonhörer und wählte die Nummer des Vorzimmers des Personalreferenten des Polizeipräsidenten. Nachdem er für den nächsten Tag um 13 Uhr einen Termin bekam, schaltete er seinen Computer ein und machte sich daran, ein Versetzungsgesuch zu formulieren.

Würzburg, Mittwoch, den 9. November

Die Aufzeichnung der *Närrischen Weinprobe* war auf 17 Uhr festgelegt. Ab 16 Uhr wurden die Gäste eingelassen.

Um 7 Uhr morgens wimmelte es im Stückfasskeller bereits von Menschen. Die technische Crew des BR überprüfte noch einmal alle Anschlüsse und Kabelleitungen. Die Kameraleute testeten ihre Kameras und erhielten vom Regisseur aus dem Übertragungswagen immer wieder neue Anweisungen für die verschiedenen Einstellungsvarianten.

Für 10 Uhr hatten Regisseur und Aufnahmeleiter die Generalprobe angesetzt. Sie fand zwar ohne Kostüme statt, der Ablauf war aber exakt wie später bei der Aufzeichnung einzuhalten.

Um 9 Uhr tröpfelten dann der Reihe nach die Akteure ein.

Seit Beginn des Aufbaus im Keller bewachte auf Anweisung Pytschykovwskys rund um die Uhr eine Polizeistreife den Weinkeller, damit sich keine Unbefugten Zutritt verschaffen konnten.

Während der Generalprobe war Pytschykovwsky permanent anwesend. Ihm entging nicht die geringste Kleinigkeit, die von dem einmal festgelegten Ablauf abwich.

Erich Rottmann war für 14 Uhr einbestellt. Die Maskenbildnerin würde für Rottmanns Verkleidung reichlich Zeit benötigen. Die Kameraleute hatten die Anweisung erhalten, von Rottmann alias Farmer grundsätzlich keine Nahaufnahmen zu machen, damit die Täuschung nicht aufflog.

Rottmann rief am Vormittag Xaver Marschmann an und bat ihn, ihn beim Stammtisch zu entschuldigen. Marschmann, der Rottmanns Anspannung am Telefon heraushörte, stellte keine Fragen. Ebenso kontaktierte Rottmann Elvira Stark und fragte sie, ob sie heute wieder auf Öchsle aufpassen könne, was sie ihm gerne zusagte.

Für seine Verhältnisse war der Schoppenfetzer sehr pünktlich. Mit nur 10 Minuten Verspätung stieg Rottmann die Stufen zum Weinkeller hinunter. Da die Einlasskontrolle von einem der Beamten des Landeskriminalamtes vorgenommen wurde, konnte er anstandslos eintreten.

Pytschykovwsky entdeckte ihn sofort und winkte ihn zu sich. „Schön, dass Sie pünktlich sind. Die Generalprobe hat sich leider etwas verzögert, da bei einigen Acts noch etwas nachjustiert werden musste. Ansonsten sind wir eigentlich ganz gut im Zeitplan. Also ich muss schon sagen, was ihr Franken da an Humor auf die Beine stellt, ist schon super. Kann man sich gar nicht vorstellen, wenn man mit euch trockenen Typen Umgang hat." Rottmann sah den Beamten erstaunt an, so viel Empathie hätte er ihm gar nicht zugetraut.

„Ich habe bis jetzt von den Darbietungen ja nicht viel mitbekommen, aber ich verfolge diese Sendung jedes Jahr und weiß, hier wird immer Spitzenfasching geboten. Wenn wir Unterfranken von der Leine gelassen werden, dann steppt der Bär!"

Pytschykovwsky lächelte. „Ich schlage vor, Sie gehen jetzt in die Maske. Wie ich hörte, will man Sie als Alien verkleiden. Das muss ziemlich aufwändig sein. Haben Sie zu Ihrem Einsatz noch eine Frage? Aus meiner Sicht ist alles getan, um Sie nicht zu gefährden."

Rottmann bedankte sich, da kam auch schon der Aufnahmeleiter aus der Tiefe des Kellers winkend auf sie zugelaufen.

„Herr Rottmann, worauf warten Sie? Kommen Sie mit mir, ich bringe Sie in die Maske!"

„Komme! Komme!“

Im Bereich hinter der kleinen Bühne ging es ziemlich eng und hektisch zu. Eine der Damen kam auf Rottmann zu und schob ihn sanft, aber bestimmt zu einem bequemen Stuhl, der vor einem großen ovalen Spiegel stand, der rundherum beleuchtet war.

„Herr Rottmann, man hat mir gesagt, Sie benötigen ein Kostüm, das es Ihnen einerseits ermöglicht, darunter eine Schutzweste und eine Schusswaffe zu tragen, und Ihnen andererseits den schnellen Zugriff auf Ihre Pistole erlaubt.“ Sie wies auf ein Foto von Andy Farmer, das am Schminkspiegel klemmte. „Da Sie das Double dieses Herrn darstellen sollen, müssen wir Ihr Gesicht so verändern, dass Ihr Bart nicht mehr zu erkennen ist. Oder wären Sie damit einverstanden, wenn ich Ihnen dieses Gestrüpp abrasiere?“

„Nur über meine Leiche!“ Rottmann machte Anstalten aufzuspringen.

„Bleiben Sie gelassen“, lachte sie, „das war nur ein Scherz. Wir bekommen das auch ohne Kahlschlag hin.“

Fast zwei Stunden dauerte es, bis Rottmanns Gesicht mit Latex, Schminke und einigen anderen Accessoires so verändert war, dass ihn seine eigene Mutter nicht mehr erkannt hätte. Die Grundfarbe der Maske war grün in allen möglichen Schattierungen. Verschieden lange Tentakel standen von seinem Kopf ab, die bei jeder Bewegung wippten.

Die Maskenbildnerin betrachtete ihr Werk im Spiegel. „Na, Herr Rottmann, was sagen Sie jetzt? Nun fehlt nur noch das entsprechende Kostüm.“ Sie drehte sich um und öffnete einen fahrbaren Schrankkoffer.

In diesem Augenblick vibrierte Rottmanns Handy in der Hosentasche. Es war eine Kurznachricht eingegangen.

„Sorry, aber ich muss mal ganz kurz an mein Telefon“, entschuldigte er sich und rief die Mitteilung auf. Sie kam von Florian Deichler.

„Hallo Erich, wollte Dir nur mitteilen, dass Krämer heute nicht zum Dienst erschienen ist. Er hat sich krankgemeldet. Grüße Florian“

Da die Maskenbildnerin noch immer im Koffer wühlte, nutzte er die Unterbrechung für ein Telefonat. Sie warf ihm einen kritischen Blick zu.

„Dringende dienstliche Angelegenheit“, erklärte Rottmann. Die Nummer, die er benötigte, war eingespeichert. Es dauerte nur einen Augenblick, dann wurde abgehoben.

„Grüß dich, Erich, hier Erich Rottmann“, sprach Rottmann Erich Porst, den Personalreferenten des Polizeipräsidenten, an. Die beiden kannten sich noch aus der Zeit, als Porst Pressesprecher des Präsidiums war. Als Namensvettern waren sie schon lange per du. Später hatte Probst dann Karriere in der Verwaltungsabteilung des Präsidiums gemacht.

„Servus, Erich, was kann ich für dich tun? Wie ich gelesen habe, wurdest du ja für einen Einsatz des LKA reaktiviert. Kommt auch nicht alle Tage vor.“

„Stimmt“, erwiderte Rottmann, „aber darüber können wir uns ja mal bei Gelegenheit unterhalten. Im Augenblick hätte ich von dir nur gerne eine Auskunft. Ist bei dir ein Versetzungsgesuch des Ersten Kriminalhauptkommissars Sebastian Krämer eingegangen?“

In der Leitung herrschte einen Augenblick erstauntes Schweigen, dann: „Ja, das ist richtig. Woher weißt du das?“

„Männliche Intuition“, erwiderte Rottmann und gab damit zu verstehen, dass er keine Erklärung abgeben würde.

„Über diesen Wunsch des Kollegen Krämer war ich sehr erstaunt. Er hat gesundheitliche Gründe angeführt, die ihn dazu zwingen, kürzer zu treten. Das müssen wir natürlich akzeptieren. Aber jetzt sag halt mal, was hast du mit dieser Sache zu tun?“

„Erich, glaub mir, das willst du gar nicht wissen.“ Als Porst noch etwas sagen wollte, fuhr Rottmann fort: „Entschuldige bitte, aber leider habe ich im Augenblick nicht viel Zeit, da ich mich mitten in einem Einsatz befinde.“ Er bedankte sich bei dem Kollegen, dann unterbrach er die Verbindung. Zufrieden zwinkerte er seinem Spiegelbild zu. Dieses Problem wäre gelöst.

Mittlerweile hatte sich der Bereich der Maske mit anderen Akteuren gefüllt, die für ihren Auftritt geschminkt werden mussten. Neugierig sahen sie zu Rottmann herüber, weil sie sich nicht vorstellen konnten, wer sich hinter dieser giftgrünen Maske verbarg.

Die Maskenbildnerin kam nun mit einigen Kleidungsstücken an.

„So, Herr Rottmann, jetzt mal runter mit den Plünnen, Sie werden jetzt neu eingekleidet.“

Rottmann sah sich etwas nervös um, denn mittlerweile bewegten sich auch einige leicht bekleidete junge Damen der Tanzgarde durch den Bereich.

„Äh, Sie … Sie meinen … so richtig ausziehen …?“

„Ja, was denn sonst? Hier guckt Ihnen niemand was weg.“ Sie musste schmunzeln.

Rottmann gab sich einen Ruck, zog seine Schuhe aus und ließ seine Cordhose fallen. Dann legte er das Schulterholster mit der Dienstwaffe zur Seite und knöpfte sein kariertes Hemd auf. Innerlich gratulierte er sich dazu, dass heute der wöchentliche Wechsel seiner Feinrippunterwäsche fällig gewesen war.

Die Maskenbildnerin schnappte sich die bereitliegende schusssichere Weste und übergab sie Rottmann, der sie anlegte. Ein Vorgang, der erneut die neugierigen Blicke der Umgebung auf sich zog. Danach reichte die Maskenbildnerin Rottmann eine grünlich schimmernde Pluderhose mit Gummizug, die Rottmann hastig überstreifte. Gleich fühlte er sich wohler. Ein Oberteil folgte, das so lose geschnitten war, dass es ihm jederzeit den Zugriff auf seine Waffe ermöglichte.

Den krönenden Abschluss bildeten ein Paar Schnabelschuhe, die das Kostüm abrundeten. Die Maskenbildnerin trat einen Schritt zurück und begutachtete zufrieden ihr Werk.

„Gelungen!“, stellte sie fest. „Nach der Aufzeichnung kommen Sie bitte wieder vorbei, dann werde ich Sie von der Maske befreien. Bedauerlicherweise wird das etwas ziepen. Aber Sie sind ja ein gestandenes Mannsbild und werden das tapfer ertragen.“

Rottmann erhob sich. Darüber machte er sich jetzt noch keine Gedanken. Jetzt ging es erst einmal darum, dass er nachher bei der Aufzeichnung im richtigen Moment die Urkunde in die Kamera hielt.

Langsam verließ er den Bereich hinter der Bühne und mischte sich unter die bereits eingetroffenen Gäste, die alle mehr oder weniger maskiert waren, daher fiel er nicht sonderlich auf. Das Gehen mit diesen Schnabelschuhen nervte zwar etwas, aber er musste ja keine weite Strecke zurücklegen.

Die Gäste streiften im Keller herum und suchten ihre Plätze oder standen in Grüppchen zusammen und unterhielten sich beispielsweise über die ungewohnt strengen Zugangskontrollen. Das Weingut schenkte einen Begrüßungssecco aus, der die Menschen für die Unannehmlichkeiten etwas entschädigte.

„Stellen Sie sich vor, da hat mir doch eine dieser Polizistinnen sogar meinen Busen abgetastet, als wenn ich da eine Bombe versteckt hätte“, echauffierte sich eine Dame gegenüber ihrem Begleiter, der nur leicht lächelte.

Rottmann riskierte einen schnellen Blick. Platz genug wäre da ja, dachte er bei sich und musste komischerweise unwillkürlich an Elvira Stark denken. Schnell rief er sich gedanklich zur Ordnung. Da entdeckte er die Präsidenten des Weinbau- und des Fastnachtsverbands, die beide in ein anregendes Gespräch mit dem Präsidenten der FaGe Narrhalla verwickelt waren. FaGe stand für Faschingsgesellschaft. Dieser Verein organisierte jedes Jahr federführend den Faschingszug und alle zwei Jahre den Sturm aufs Rathaus. Ganz in der Nähe unterhielt sich die Präsidentin des bayerischen Landtags mit dem Bischof, der offenbar gerade einen Scherz gemacht hatte, denn sie lachte herzhaft. Während die Präsidentin ein bunt schillerndes Kleid und einen dazu passenden wagenradgroßen Hut trug, hatte sich das Würzburger Kirchenoberhaupt lediglich einen kardinalspurpurroten Schal um den Hals gebunden.

Um beide herum standen in einer gewissen Entfernung maskierte Clowns, hinter deren Verkleidung, wie Rottmann wusste, sich Personenschützer des LKA verbargen. Mittlerweile herrschte im Keller ein Gewurrle und Stimmenwirrwarr, dass man aufpassen musste, die Worte des jeweiligen Gesprächspartners zu verstehen.

Plötzlich tippte jemand Rottmann auf die Schulter. Er drehte sich um. Hinter ihm stand Pytschykovwsky. Rottmann hätte ihn fast nicht erkannt, denn er steckte in einem Vampirkostüm und sein Gesicht war mit einer Larve unkenntlich gemacht.

„Alles klar, Herr Rottmann? Noch siebzehn Minuten, dann kann die Show beginnen. Machen Sie sich keine Sorgen, wir sind ständig in Ihrer Nähe und haben alles im Griff!"

Rottmann nickte. „Von mir aus kann's losgehen. Je eher, desto schneller komme ich wieder aus diesem mörderischen Kostüm heraus."

Der LKA-Mann klopfte ihm aufmunternd auf die Schulter und entfernte sich wieder.

Plötzlich ertönte eine Art Gong und eine Lautsprecherstimme verkündete: „Sehr geehrte Gäste, bitte nehmen Sie jetzt alle ihre Plätze ein, die Aufzeichnung beginnt in wenigen Minuten."

In die Menschen im Stückfasskeller kam Bewegung und alle suchten zielstrebig die ihnen zugewiesenen Plätze auf.

Als alle saßen, trat die Leiterin des Studios Franken des BR auf die Bühne und ans Mikrofon. Sie begrüßte die Gäste und gab einige Verhaltenshinweise, die aufgrund der Aufzeichnung der Sendung zu beachten waren. Anschließend hieß der Leiter des Weinguts die Besucher willkommen. Dann begann die Aufzeichnung und Nikki Feen und Willibald Nassauer übernahmen die Moderation.

Wie in den vergangenen Jahren erzählte Nassauer einige Scherze und anschließend stellte Nikki Feen einen Wein vor. Die Gäste stießen an und der erste Akteur betrat die Bühne. Ein Beitrag nach dem anderen wurde zum Besten gegeben und alles klappte ganz ausgezeichnet. Das Publikum tobte vor Lachen und amüsierte sich köstlich. Der letzte Auftritt vor der Verkündung des Narrenweins war der Beitrag von Günter Stock. Das ewige Weinbäuerle berichtete aus seinem Ehealltag und beklagte die Strenge von seinem Eheweib, dem Kunnele, was in der allgemeingültigen Aussage gipfelte, dass hinter einem zornigen Weib oftmals ein armer braver Mann steht, der keine Ahnung hat, warum sie grollt. Begleitet vom frenetischen Applaus ganz besonders der männlichen Gäste trat Stock ab.

Willibald Nassauer und Nikki Feen leiteten mit einigen erklärenden Sätzen über zu dem aufgezeichneten Auswahlverfahren des diesjährigen Narrenweins. Die Gäste konnten auf einer Leinwand, auf wenige Minuten zusammengeschnitten, die Blindverkostung der letzten drei Weine durch Bürgermeister Andy Farmer mitverfolgen. Nachdem Farmer alle drei Weine versucht hatte, lächelte er in Großaufnahme in die Kamera.

„Meine Damen und Herren, ich habe mich entschieden. Der Siegerwein ist …“ Er pausierte kurz, dann fuhr er fort: „Ja, das erfahren Sie dann von mir in der *Närrischen Weinprobe.*“ Sein Gesicht wurde ausgeblendet, die Leinwand wurde dunkel.

Rottmann spürte eine gewisse Erregung, da jetzt sein großer Auftritt bevorstand. Natürlich bemerkte er, dass sich einige der verkleideten Polizisten dichter an ihn herandrängten.

In diesem Augenblick übernahm wieder Nikki Feen die Moderation. Während der Übertragung auf der Leinwand hatte sie ihren Platz verlassen und sich hinter Erich Rottmann alias Andy Farmer gestellt. In der einen Hand hielt sie ein Mikrofon, in der anderen einen Bocksbeutel. Eine Handkamera mit Scheinwerfer war voll auf Rottmann und Feen gerichtet.

„Meine Damen und Herren, jetzt ist der große Moment gekommen und Herr Farmer wird uns mitteilen, welchen Wein er als Siegerwein auserkoren hat. Bedauerlicherweise hat sich der Herr Bürgermeister in den letzten Tagen eine unschöne Stimmbandentzündung zugelegt, so dass er leider nicht sprechen kann. Er wird aber die Urkunde in die Kamera halten, auf der er und die Präsidenten des Weinbau- und Fastnachtsverbandes das glückliche Siegerweingut mit ihren Unterschriften bestätigt haben.“

Sie ließ sich die Urkunde von einem verkleideten Fernsehmitarbeiter reichen, um sie an Farmer alias Rottmann weiterzugeben.

Der verkleidete Rottmann erhob sich. Jetzt war es so weit! Falls jemand mit einem Anschlag diesen Moment vereiteln wollte, musste er jetzt zuschlagen! Er spürte, wie sich seine Nackenhaare leicht aufstellten!

In diesem Augenblick ertönte eine Stimme, die unverstärkt durch den ganzen Stückfasskeller dröhnte: „Halt! Stopp! Sofort aufhören! Dieser Mann ist nicht Andy Farmer! Das ist ein Betrüger! Es kann nur einen geben … und das bin ich!"

Alle Köpfe flogen herum in Richtung Eingang. Dort herrschte ziemliche Unruhe. Die Nervosität der ihn schützenden LKA-Leute war deutlich sichtbar. Unwillkürlich kroch seine Hand in die Nähe seiner Dienstwaffe. Der Scheinwerfer der Kamera erlosch und Nikki Feen sah sich etwas verloren um.

Die Augen aller Gäste richteten sich auf einen Mann im Bademantel und mit einem Kopfverband, der wie ein römischer Feldherr auf einer Trage sitzend von zwei Mitarbeitern des Roten Kreuzes durch den Mittelgang in Richtung Bühne getragen wurde. Die Kameraleute bekamen von der Regie offenbar die Anordnung, diesen ungeplanten Auftritt festzuhalten. Eine Minute später wurde Bürgermeister Andy Farmer, das Original, mit der Trage auf der Bühne abgesetzt.

Nikki Feen reagierte spontan. Sie wandte sich von Rottmann ab, sprang auf die Bühne und beugte sich zu Farmer herab. Dabei tat sie so, als würde dieser Auftritt zum Programm gehören.

„Herr Bürgermeister, das ist aber schön, dass Sie doch noch kommen konnten. Wirklich ein toller Auftritt und ein ungewöhnliches Kostüm. Es ist im Augenblick zwar etwas verwirrend, dass wir offenbar zwei Farmers haben, aber anscheinend ist es jetzt auch schon bei Würzburger Kommunalpolitikern üblich, sich von einem Double vertreten zu lassen."

Gelächter und tosender Applaus des Publikums.

Die Kamera blendete kurz Erich Rottmann ein, der sich im

Augenblick ziemlich nutzlos vorkam und verhalten in das Objektiv winkte. Seine Personenschützer bekamen über Kopfhörer Anweisung, jetzt Farmer auf der Bühne zu schützen.

„Nachdem nun das Original den Weg zu uns gefunden hat, freuen wir uns, wenn Sie uns den von Ihnen gekürten Narrenwein höchstpersönlich verkünden." Sie hielt dem Bürgermeister ihr Mikrofon unter die Nase.

„Das mache ich natürlich gerne. Der Siegerwein ist ein Silvaner vom Stein des Staatlichen Hofkellers, der mit der Ordnungsnummer 4 zum Auswahlverfahren für den Narrenwein angemeldet wurde."

Erneut erfüllte heftiger Beifall den Keller. Währenddessen richtete sich die Kamera auf einen vorbereiteten Bocksbeutel, der mit dem Etikett des Narrenweins beklebt war. Zum Glück trugen alle Bocksbeutel, die teilgenommen hatten, auf der einen Seite dieses Etikett, die eigentliche, weinrechtliche Etikettierung klebte auf der Rückseite. So war es im Augenblick völlig gleichgültig, welche Flasche da in die Kamera gehalten wurde.

Der Präsident der FaGe Narrhalla und Winzer Runkelbauer bekamen einen tödlichen Schrecken. Wie konnte das passieren? Wo kam dieser Farmer so plötzlich her? Er müsste doch im Krankenhaus liegen. Was hatte es mit diesem Double auf sich? Die Geschichte lief total aus dem Ruder! Die beiden gaben sich ein Zeichen, erhoben sich langsam und verdrückten sich diskret in Richtung Ausgang.

Im Keller wurde unterdessen heftig applaudiert. Dieser Applaus galt Bürgermeister Farmer, der, huldvoll nach beiden Seiten winkend, von den Sanitätern wieder hinausgetragen wurde. Viele Gäste waren bis zum Schluss davon überzeugt, dass dieser gelungene Gag so geplant war.

Unterdessen nahm die Aufzeichnung ihren Fortgang. Regisseur Rocky Horror hatte beschlossen, später im Schneideraum zu entscheiden, ob und wenn ja, wie viel von diesem ungeplanten Ereignis in die spätere Sendung einfließen sollte.

Die beiden Sanitäter verluden Farmer wieder in das Rettungsfahrzeug. Wenn er ehrlich zu sich selbst war, war dieser Ausflug aus dem Krankenhaus, den er gegen den Willen der Ärzte auf eigenes Risiko unternommen hatte, nicht ganz risikofrei gewesen. Aber er hatte unter allen Umständen verhindern wollen, dass diese Bande, die ihn so unter Druck gesetzt und der er seine Kopfverletzung zu verdanken hatte, mit ihren miesen Machenschaften durchkam. Mit der Hand fuhr er sich über die Stirn, hinter der es schmerzhaft pochte. Es wurde Zeit, dass er wieder in sein Bett kam.

Im Keller hatte währenddessen Michl Müller seinen großen Auftritt. Wie immer begeisterte er sein Publikum, das aus dem Lachen gar nicht mehr herauskam. Mit seinem Faschingssong „Ein großer Bratwurstzipfel ist der Franken Gipfel …“, den er als Zugabe wiederholte, beschloss er seinen Auftritt.

Damit endete die Aufzeichnung. Der Weingutdirektor bedankte sich beim Bayerischen Rundfunk, bei den Interpreten und bei den Gästen für diese wunderbare Sendung. Innerlich freute er sich natürlich besonders darüber, dass, wie alle Jahre, ein Wein des Staatlichen Hofkellers als Narrenwein auserkoren worden war. Man hätte also auf dieses ganze neue Auswahlverfahren verzichten können.

Viele Gäste blieben noch sitzen, tranken einige Schoppen und unterhielten sich mit den bestens gelaunten Künstlern, die sich nach der Sendung unters Volk mischten.

Erich Rottmann verdrückte sich gleich nach hinten in die Maske. Er wollte so schnell wie möglich dieses Alienkostüm loswerden. Während ihn die Maskenbildnerin befreite, kam Pytschykovwsky zu ihm.

„Herr Rottmann, Sie sehen, man kann planen, wie man will, oftmals kommt es ganz anders, als man denkt. Ich möchte mich für Ihren Einsatz bedanken und erkläre hiermit offiziell: Sie haben ab sofort wieder ihren Pensionistenstatus zurück."

Rottmann, der mittlerweile wieder seine gewohnte Kleidung trug, legte das Schulterholster mit der Pistole ab, zog den Dienstausweis aus der Tasche und drückte beides dem LKA-Mann in die Hand.

„Lieber Herr Pytschykovwsky, ich bin froh, dass alles ohne Probleme abgelaufen ist. Es war mal eine ganz spezielle Erfahrung, für das Landeskriminalamt zu arbeiten. Aber eine Bitte habe ich. Wenn Sie wieder einmal einen Pensionisten brauchen, der Ihnen die heißen Kohlen aus dem Feuer holt, dann vergessen Sie bitte, dass Sie mich kennen."

Pytschykovwsky lachte. „Erzählen Sie nichts! So ungelegen, wie Sie gerade behaupten, war Ihnen diese Funktion doch gar nicht, wie ich gehört habe. Sie haben sie in der kurzen Zeit ja recht wirksam genutzt!" Er gab Rottmann die Hand, zwinkerte ihm zu und verschwand.

Erich Rottmann verließ, nun wieder als freier Mann, den Weinkeller und schlenderte gemütlich über den Residenzplatz. Jetzt erst fiel ihm auf, dass er während des gesamten Einsatzes nur einen einzigen Schoppen getrunken hatte. Obwohl der Wein aufs Haus gegangen wäre. Unter normalen Umständen wäre ihm das nicht passiert!

Wenig später läutete er bei Elvira Stark, um endlich seinen Öchsle wieder abzuholen. Von ihr ließ er sich dann doch überreden, noch ein paar Schoppen zu genießen. Schließlich musste er seine Kehle schmieren, weil ihn Elvira natürlich nicht entließ, ohne dass er ihr sein jüngstes Erlebnis als Mitarbeiter des Landeskriminalamtes in allen Einzelheiten berichtete.

Zu guter Letzt

Es waren einige Monate ins Land gegangen und im Augenblick gab der frühe Juni dem Frühling jede Chance, sich von seiner besten Seite zu zeigen. Der Fasching gehörte längst der Vergangenheit an und in der Stadt zeichneten sich viele neue Festivitäten ab. Die Geschehnisse um die Närrische Weinprobe waren längst vergessen.

Bürgermeister Farmer war, ebenso wie sein Gedächtnis, ins Rathaus zurückgekehrt und unterstützte die Polizei mit seiner Aussage, damit die Täter, die für die Erpressung und seine Kopfverletzung verantwortlich waren, gefasst werden konnten. Aber bedauerlicherweise endeten alle Spuren irgendwo an der Chinesischen Mauer.

Die FaGe Narrhalla hatte sich einen neuen Präsidenten gewählt, weil der alte überraschend aus gesundheitlichen Gründen zurückgetreten war und sich auf Dauer in seinen Alterswohnsitz auf Gran Canaria zurückzog.

Der Maindorfer Winzer Max Runkelbauer hatte noch in der Nacht nach der Aufzeichnung das Ventil seines Edelstahltanks geöffnet und den gesamten Inhalt in die Kanalisation entlassen. Von den Herren Chang und Wang hörte er nichts mehr. Sechs Wochen später verkaufte er seine Weinberge und das gesamte Inventar seines Weinguts an Ewald Seelmann, der damit ein richtiges Schnäppchen machte. Runkelbauer wanderte mit seiner Frau ebenfalls nach Spanien aus, wo er am Strand von Matalascañas eine Strandbar eröffnete. Er hatte nur eine Eigenheit, die niemand so recht verstehen konnte: Er bediente in seiner Bar keine Chinesen.

Es war ein wunderschöner Juniabend. Die Sonne hatte den ganzen Tag die Unterfranken verwöhnt und auch noch zu dieser späteren Stunde konnte man recht locker gekleidet im Freien sitzen. Es war Freitag und Florian Deichler hatte seinen ehemaligen Chef eingeladen, mit ihm übers Wochenende einen Ausflug mit einem großzügig geschnittenen Camper an den Ellertshäuser See im Landkreis Schweinfurt zu machen. Deichler hatte den Camper gemietet, weil er, wie er sagte, diese Art des Urlaubs einmal ausprobieren wollte. Außerdem wollte sich Florian Deichler mit dieser Einladung bei Erich Rottmann bedanken. Es war erstaunlich, wie schnell Sebastian Krämers Versetzungsgesuch stattgegeben worden war. Rottmann hatte Pytschykovwsky im Verdacht, dabei nachgeholfen zu haben. Jedenfalls war der Leiter der Mordkommission zwei Monate nach der Einreichung seines Gesuchs an das Landeskriminalamt München versetzt worden, wo man ihn der Abteilung eines gewissen Polizeidirektors Pytschykovwsky zuteilte. Dort wurde er, seinen Fähigkeiten entsprechend, für anspruchsvolle Büroarbeit eingesetzt.

Die Stelle des Leiters der Mordkommission wurde, wie es Vorschrift war, ausgeschrieben und auf sanften Druck von Rottmann bewarb sich Deichler auf den Posten. Sechs Wochen später erhielt Erster Kriminalhauptkommissar Florian Deichler seine Ernennungsurkunde und rückte ins Amt des Leiters der Mordkommission nach. Seine erste Amtshandlung bestand darin, Krämers Bürostuhl gegen einen neuen austauschen zu lassen.

Der Campingplatz war um diese Jahreszeit außerhalb der Ferien wenig belegt und die beiden Männer hatten ringsherum jede Menge Platz. Öchsle gefiel diese Art der Freizeitgestaltung ganz besonders. Rottmann musste fast schon schimpfen, damit er endlich einmal aus dem Wasser herauskam.

„Erich, hast du was dagegen, wenn wir uns am Uferweg etwas die Beine vertreten? Ich habe einige Bocksbeutel kühl gestellt, damit wir heute Abend nicht verdursten müssen."

„Von mir aus gerne", erwiderte Rottmann und erhob sich aus dem bequemen Liegestuhl. Öchsle war natürlich schnell mit von der Partie. Die drei schlenderten ohne Eile einige Zeit am See entlang, um dann einfach wieder umzudrehen.

Wieder am Camper angekommen, schlug Deichler vor: „Ich denke, ich werde jetzt mal den Grill anwerfen. Gegen ein paar saftige Steaks hast du doch sicher nichts einzuwenden?"

„Absolut nicht", gab Rottmann zurück und ließ sich wieder in den Liegestuhl fallen. „Was hältst du davon, wenn wir schon jetzt die Luft aus den Weingläsern herauslassen?"

Öchsle schnüffelte währenddessen interessiert in der Gegend herum.

Deichler, der am Grill hantierte, winkte ihm zu. „Bediene dich! Der Wein ist im Kühlschrank, die Gläser musst du suchen. So genau kenne ich mich auch noch nicht aus."

Rottmann erhob sich und öffnete die Eingangstür. Öchsle stand neben ihm und wedelte erwartungsvoll mit dem Schwanz. Rottmann trat ein. Das Wageninnere roch wirklich wie frisch aus der Fabrik. Öchsle stürmte an ihm vorbei und begann plötzlich freudig zu winseln. Verwundert blickte Rottmann in den hinteren Bereich des Campers, wo sich der Schlafbereich befand.

„Hallo Erich", sagte eine vertraute Stimme. Rottmann verschlug es für einen Moment die Sprache.

„Elvira, wie kommst denn du hierher?"

„Ich hoffe, die Überraschung ist mir geglückt! Ich bin vorhin, als ihr den Spaziergang gemacht habt, mit dem Taxi hier angekommen und dann in den Camper gehuscht. Freust du dich?"

„Ja … äh … ja natürlich." Er zögerte einen Augenblick, dann fuhr er fort: „Ich weiß jetzt aber nicht, ob es Florian so recht ist …"

„Da mach dir mal keine Gedanken. Ich muss mich bei dir entschuldigen. Florian und ich haben uns etwas gegen dich verschworen. Weil du diesem Plan doch niemals zugestimmt hättest. Oder irre ich mich da?"

Rottmann gab nur ein undefinierbares Brummen von sich.

In diesem Augenblick streckte Florian Deichler den Kopf zur Tür herein.

„Ich hoffe, ich störe die beiden Turteltäubchen nicht?" Er grinste wie ein Honigkuchenpferd.

„Quatschkopf!", gab Rottmann verunsichert zurück. Er wusste nicht, wie er diese Situation einschätzen sollte.

„Ich will nur mal das Fleisch aus dem Kühlschrank holen, damit wir bald essen können. Elvira, für dich habe ich ein schönes Rinderfiletsteak besorgt, wie du es wolltest." Er zwinkerte ihr zu, dann ging er zum Kühlschrank und holte das Fleisch. „Unterhaltet euch ruhig noch weiter, ich rufe euch, wenn das Grillgut gar ist." Und schon war er wieder draußen.

Elvira sprach weiter. „Es ist mir klar, Erich, dass dich die Situation etwas verwirren muss. Aber setz dich doch." Sie bot ihm einen Platz auf der bequemen Polstergarnitur an, die rund um den Tisch zum Sitzen einlud. Etwas zögernd ließ sich Rottmann nieder. Plötzlich hörte er in sich hinein. War da nicht das leise Klirren von Ketten zu hören? Warnte da die Alarmanlage des Junggesellen?

Elvira ging wie selbstverständlich zum Kühlschrank und holte einen Bocksbeutel heraus. Mit der gleichen Vertrautheit bewegte sie sich zu einem aufklappbaren Fach über der Spüle und entnahm ihm zwei Weingläser. Sie öffnete den Schraubverschluss und goss in beide Gläser ein.

„Erich, dieser Camper hier gehört mir.“ Sie ließ diese Worte wirken. Rottmann riss die Augen auf.

„Ich weiß, was du sagen willst, ich habe ja gar keinen Führerschein. Deshalb war Florian auch so freundlich und hat dieses Wohnmobil, gewissermaßen als Strohmann, für mich gekauft. Du weißt ja, aufgrund einer Erbschaft bin ich nicht ganz unvermögend und bevor das Geld auf der Bank ohne Zinsen verrottet, habe ich mir überlegt, so ein Camper wäre durchaus eine sinnvolle Geldanlage. Das letzte Hemd hat ja bekanntlich keine Taschen. In einem guten Jahr werde ich meine Rente beantragen, dann könnte man mit diesem Fahrzeug ein wenig die Weltgeschichte unsicher machen. Dann könnten wir beide ein paar schöne Reisen unternehmen.“ Die Betonung lag dabei nachdrücklich auf „wir beide“.

Rottmann war, was selten vorkam, sprachlos. Sein Schock war so groß, dass er das Sakrileg beging, seinen Wein mit einem Zug hinunterzustürzen. Verständnisvoll schenkte sie ihm nach.

„Elvira, jetzt bist du völlig verrückt geworden! Du kannst mir doch nicht einfach die Pistole auf die Brust setzen!“ Er warf einen schrägen Blick in Richtung Tür. „… und dieser scheinheilige Bruder da draußen hat dabei noch mitgemacht.“

„Jetzt sei Florian bitte nicht böse, ich habe ihn ziemlich lange bekniet, ehe er mit meinem Plan einverstanden war.“

Erich Rottmann saß wie erschlagen auf seinem Platz und schüttelte nur den Kopf.

Elvira drehte nachdenklich ihr Weinglas in der Hand. „Erich, wir werden beide nicht jünger. Wenn du ehrlich bist, verstehen wir uns doch eigentlich sehr gut. Ich mag dich wirklich sehr gerne und meine weibliche Intuition müsste mich schon sehr täuschen, wenn es nicht umgekehrt genauso wäre. Das zeigt mir alleine schon die Tatsache, wie du vor einiger

Zeit gegen diesen Krämer vorgegangen bist, weil er mich ungerecht behandelt hat. Du traust dich nur nicht, es zu zeigen, weil du befürchtest, ich würde dir deine Freiheit nehmen. "

„Ach was, ich konnte diesen fiesen Egomanen noch nie leiden."

„Jetzt rede das, was du getan hast, nicht klein." Elvira sah ihn eindringlich an. „Erich, du solltest vor deinen Gefühlen nicht länger davonlaufen." Sie warf Öchsle einen liebevollen Blick zu. „Dein Hund weiß schon lange, was die Glocke geschlagen hat." Sie machte eine Handbewegung, die den ganzen Innenraum umfasste. „Schau dich doch erst einmal hier in Ruhe um. Das Wohnmobil ist, wie ich mir habe sagen lassen, der neueste Schrei. Am Heck ist sogar eine kleine Garage, in der man zwei Fahrräder oder einen Motorroller mitnehmen kann."

Sie erhob sich, nahm ihr Weinglas und verließ ohne weiteren Kommentar den Camper.

Rottmann blieb sitzen. Er war wie erschlagen und fühlte sich ziemlich überrumpelt. Elviras ehrliche Worte waren aber nicht ohne Eindruck auf ihn geblieben. Langsam stand er auf und schlenderte durch das geräumige Wohnmobil. Der Schoppenfetzer entspannte sich etwas, als er im Schlafbereich das Stockbett registrierte. Schnell überprüfte er die Konstruktion und atmete noch leichter durch, als er feststellte, dass dieses Bett fest installiert war und nicht etwa zu einem Doppelbett abgesenkt werden konnte. Es gab einen geräumigen Duschbereich, der auch Männern mit einer gewissen Stattlichkeit Raum bot. Selbst an eine komfortable SAT-Anlage war gedacht.

Plötzlich erklang Deichlers Ruf von draußen: „Erich, wir können essen!"

Rottmann verließ den Camper und tauchte in die wohlduftende Wolke des Grillguts ein. Wortlos nahm er am Tisch

Platz. Während Elvira in den Wagen stieg, um einige Zutaten aus dem Kühlschrank zu holen, warf Deichler Rottmann einen prüfenden Blick zu.

„Mensch, Erich, jetzt mach nicht so ein Gesicht", raunte er ihm zu. „Diese Überraschung von Elvira ist doch ganz einfach super. Ich hoffe, du nimmst es mir nicht übel, dass ich bei diesem Spielchen mitgemacht habe. Sei ehrlich, anders wärst du dazu doch gar nicht zu bewegen gewesen."

Rottmann zuckte mit den Schultern, was unter Berücksichtigung seiner Persönlichkeit einem Eingeständnis gleichkam.

Während des Essens taute Rottmann wieder etwas auf. Es schmeckte ausgezeichnet und auch der Wein war nicht von schlechten Eltern. Deichler hielt sich mit dem Trinken jedoch auffällig zurück. Nachdem alle gesättigt waren, räumten sie das Geschirr in das Wohnmobil. Deichler ging zum Heck des Fahrzeugs und öffnete einen großen Wagenschlag. Dahinter kam ein Motorroller zum Vorschein.

„Was hast du vor?", wollte Rottmann verwundert wissen.

„Lieber Erich, ich werde euch zwei jetzt einmal eurem Schicksal überlassen. Du hast doch nicht angenommen, dass ich hier mit euch übernachten werde."

„Florian, du kannst mich doch jetzt nicht alleine lassen!", gab Rottmann fast flehentlich von sich.

Deichler lachte. „Doch, doch, das kann ich sehr wohl." Er startete den Motor des Rollers, worauf Elvira aus dem Camper herausschaute. Deichler stülpte sich den Helm über, der im Roller verstaut gewesen war, dann winkte er beiden zu und fuhr davon.

Elvira und Erich setzten sich wortlos an den Tisch. Jeder der beiden hing seinen Gedanken nach. Plötzlich fragte Rottmann: „Und wie soll es jetzt weitergehen?"

„Das liegt ganz bei dir", erwiderte Elvira leise. „Ich dachte, wir verbringen hier das Wochenende, dann fährst du das Wohnmobil zurück nach Würzburg. Am Campingplatz Kalte Quelle habe ich einen Stellplatz angemietet. Dort können wir es abstellen. Über weitere gemeinsame Reisen können wir ja dann in aller Ruhe und ohne Druck nachdenken."

Der Abend war dann doch sehr gemütlich. Während hinter dem See die Sonne glutrot unterging, gingen Erich Rottmann viele ernste Gedanken durch den Kopf. Öchsle lag neben ihm und legte im hin und wieder seinen Kopf auf den Oberschenkel. Er fühlte, dass sein Mensch irgendwie ernster war als sonst.

Als die Kühle über den See heranzog, erhob sich Elvira Stark. „Ich gehe jetzt schlafen", erklärte sie und streckte sich. „Ich weiß nicht, ob du bemerkt hast, dass man die Sitzecke in ein sehr bequemes Doppelbett verwandeln kann. Das werde ich mir jetzt zurechtmachen. Du hast ja sicher die Stockbetten bemerkt. Du kannst dir gerne eins davon aussuchen." Sie legte eine kurze Pause ein, dann ergänzte sie: „Ich würde dich aber auch nicht von der Bettkante verweisen, falls du dich entschließen solltest, dich zu mir zu legen. Ich garantiere, dir nicht deine Jungmännlichkeit rauben zu wollen." Sie lächelte ihn verschmitzt an, dann verschwand sie im Wohnmobil und er sah das Licht angehen.

Rottmann blieb noch eine ganze Weile sitzen und grübelte. Über diese vielen Gedanken und unter dem Einfluss der guten Schoppen, die er genossen hatte, schlief er schließlich ein.

Er erwachte irgendwann in der Nacht, weil er schrecklich fror. Die Juninächte waren doch noch empfindlich frisch. Es dauerte einen Moment, bis er realisierte, wo er sich befand. Seine Armbanduhr zeigte 2:33 Uhr. Bei einem Blick zum Wohnmobil sah er, dass dort ein schwaches Licht brannte. Er erhob sich und wankte schlaftrunken, vor Kälte leicht zitternd, zum Camper. Öchsle war dicht hinter ihm. Rottmann stieg leise in das Fahrzeug, um Elvira nicht zu wecken, und schloss die Tür hinter sich. Öchsle war mit hineingehuscht und verkroch sich gleich in einen Winkel neben den Stockbetten. Der Lichtschein kam von einer kleinen Lampe, die über dem unteren Stockbett brannte. Offenbar hatte Elvira sie angelassen, damit er sich orientieren konnte. Auf dem Bett hatte sie ihm seinen Schlafanzug hingelegt. Schnell machte sich Rottmann bettfertig. Er schnatterte hörbar. Einen Moment stand er vor dem Stockbett und stellte sich vor, wie lange es dauern würde, bis er es erwärmt hatte.

Da kam eine leise Stimme vom vorderen Bereich des Campers.

„Rottmann, jetzt stell dich nicht so an. Hier ist es warm und es hat jede Menge Platz."

„Aber nur, bis ich mich ein bisschen aufgewärmt habe", flüsterte er, vor der eigenen Schwäche kapitulierend. Sekunden später kuschelte er sich unter die warme Decke von Elviras Bett.

„Entschuldige bitte", raunte er, „aber ich fühle mich bestimmt wie ein Eiszapfen an."

„Jetzt übertreibst du aber maßlos", flüsterte sie in der gleichen Lautstärke zurück. „Bitte nicht beleidigt sein, aber das ist bestenfalls ein Eiszäpfchen."

Öchsle wartete, bis er von vorne gleichmäßige Atemgeräusche hörte, dann war er mit einem Satz auf dem unteren Stockbett und rollte sich zusammen. So ein Leben als Camperhund konnte er sich wirklich gut vorstellen.

Noch mehr Kriminalfälle
des Erich Rottmann

Band 1 Der *Schoppenfetzer* und die Silvanerleiche
ISBN 978-3-9808253-2-0

Band 2 Der *Schoppenfetzer* und der Tod des Nachtwächters
ISBN 978-3-9808253-4-4

Band 3 Der *Schoppenfetzer* und das Rotweingrab
ISBN 978-3-9808253-6-8

Band 4 Der *Schoppenfetzer* und das Riesling-Attentat
ISBN 978-3-9808253-8-2

Band 5 Der *Schoppenfetzer* und der Henkerswein
ISBN 978-3-939103-03-5

Band 6 Der *Schoppenfetzer* und der Messweinfluch
ISBN 978-3-939103-09-7

Band 7 Der *Schoppenfetzer* und die Weindorftoten
ISBN 978-3-939103-15-8

Band 8 Der *Schoppenfetzer* und die Bacchus-Verschwörung
ISBN 978-3-939103-22-6

Band 9 Der *Schoppenfetzer* und die Rache des Winzers
ISBN 978-3-939103-25-7

Band 10 Der *Schoppenfetzer* und die Satansrebe
ISBN 978-3-939103-34-9

Band 11 Der *Schoppenfetzer* und die blutrote Domina
ISBN 978-3-939103-39-4

Band 12 Der *Schoppenfetzer* und der tödliche Rausch
ISBN 978-3-939103-46-2

Band 13 Der *Schoppenfetzer* und das dunkle Geheimnis
ISBN 978-3-939103-54-7

Band 14 Der *Schoppenfetzer* und das Maulaff-Mysterium
ISBN 978-3-939103-64-6

Günter Huth
Der *Schoppenfetzer* und der Narrenwein

Gestaltet von Peter Hellmund
Gedruckt und gebunden von CPI – Clausen & Bosse in Leck
Lektoriert von Monika Thaller

Erste Auflage 2016
ISBN 978-3-939103-91-2

www.buchverlag.hellmund.de
www.der-schoppenfetzer.de